フィギュール彩 ㉖

HEMINGWAY AND POUND
IN VENEZIA
TATEO IMAMURA & AKIKO MANABE

ヘミングウェイとパウンドのヴェネツィア

今村楯夫／真鍋晶子

figure Sai

彩流社

目次

はじめに

「この世にパリやヴェネツィアがあるというのに、人はどうしてニューヨークなどに住むことができるのだろう」というヘミングウェイの言葉を記したのは晩年、ヘミングウェイともっとも親しい友人だったA・E・ホッチナーである。『パパ・ヘミングウェイ』という伝記である。ヘミングウェイがニューヨークに対して否定的だったことは周知のことであるが、なぜ、パリなのか。そしてなぜ、ヴェネツィアなのか。その答えのひとつは『移動祝祭日』のエピグラフに記されている。

「もし若いときにパリに住む幸運に巡り会えば、後の人生をどこで過ごそうとも、パリは君とともにある。なぜならパリは移動する祝祭だから」

『移動祝祭日』は最晩年のヘミングウェイが一九二〇年代に六年間を過ごしたパリ時代を懐古して書かれた回想録である。ここには芳醇な文化の香りに包まれ、ヘミングウェイが新聞記者から作家へと転身し、新たな人生を歩み出したパリの日々が刻まれている。パリに行ったのは、当時シカゴに在住していた大作家シャーウッド・アンダーソンの強い勧めがあり、イタリア行きを夢見ていたが、その勧めに従ったからだ。アンダーソンはヘミングウェイに三通の紹介状を書いて渡した。

作家のガートルード・スタイン、シェイクスピア&カンパニー書店の店主シルヴィア・ビーチ、そして詩人のエズラ・パウンドだ。三人はそれぞれにヘミングウェイにとっては大いなる恩人だ。中でもパウンドは無名の作家志望の若者だったヘミングウェイの詩や短編を出版する役を果たした大の恩人であり、さまざまな屈折はあったものの生涯、ヘミングウェイは恩に報いる心を抱き続けた。

パリでは最初のアパートを引き払い、移り住んだ二度目のアパートはパウンドの家とは同じ通りの、しかも徒歩でも数分の距離にあった。足しげく通ったパウンドのアトリエを写した写真がある。椅子にどっかりと座り、正面を見据えたパウンド。その背後に壁を覆うように一枚の巨大な絵画がある。パウンドが「詩篇七六」で謳った「タミの夢」である。タミは日本人画家、久米民十郎の愛称である。ヘミングウェイはパウンドの勧めもあって久米民十郎の絵を少なくとも三点、購入した。いずれの絵画もいまや行方不明だ。西洋と東洋を結ぶ架け橋となったエズラ・パウンドは単に詩だけでなく、人的交流にも尽くした詩人だったのだ。

ヘミングウェイとパウンドは共にアメリカ人として生まれながら、アメリカに住むことを拒んだ。あるいは少なくとも避けて、人生の多くを外国に住んだ。アメリカ最南端の島、キーウエストはアメリカの一部でありながら、カリブ的あるいはラテン的な雰囲気と風土をもった異国情緒溢れる土地であった。ヘミングウェイはそのキーウエストに居を構えながら、多くの時間をキューバを含めた「外国」と海で過ごした。パウンドは不本意ながら第二次世界大戦後、ワシントンDCの郊外にあった聖エリザベス病院に幽閉された十三年のアメリカ生活があったが、それは祖国アメリカにあって、精神的にも物理的にもアメリカではない時間だった。

ヘミングウェイは若き日に過ごしたイタリアとフランス、特にパリに魅了され、アメリカにない文化と歴史と人びとに惹かれ、それらは「帰るべき心の故郷」となった。パウンドはアメリカの偏狭で保守的な風土を嫌い、文化と芸術の欠落に不満を抱き、アメリカを去った。それは反米の思想に向かっていった。

ヘミングウェイは詩人として出発し、詩のような散文を書き、それらは小説として結実していった。パウンドは詩人として出発し、生涯、詩人であり続けた。ともに事物を直視し、極限まで文字を削り、言葉の響きに耳を傾け、言葉を紡いだ。先人たちの遺した芸術を糧にして、言葉は叙事詩となって蘇生した。時間はたえず現在にありながら、意識は時間を遡行し、過去は現在と共振し、反復しながら新たな時空を生み出していった。ふたりはたえず定型と固定観念を打ち破り、実験的な新たな挑戦を続けながら、モダニストであり続け、その根源にイマジストの詩神を失うことがなかったように思う。その意味でパウンドはヘミングウェイにとっては師であり続けた。

ヘミングウェイとパウンドはパリを離れ、ヴェネツィアでふたたび交錯することになる。それは時を超え、地理的あるいは空間的な交錯であり、ともにヴェネツィアに魅了され、ヴェネツィアを謳うという芸術的かつ精神的な交感であった。

パリと並んでヴェネツィアもまたふたりの文学と精神をより深く、豊かなものとさせた。それぞれ芳醇な文化と歴史を刻んだ都市である。ヴェネツィアは水を湛えた大小の運河を抱き、海の上に築き上げられた大理石の都市としてふたりに多大な刺激を与え、創作に向かわせた。

水と光と大理石の都市、ヴェネツィアの美しさに魅了されたが、それ以上にヴェネツィアに生まれ育った若き女性こそヘミングウェイの心を捉えた。ヴェネツィアの海から生まれたヴィーナス、アドリアーナ・イヴァンチッチと呼ばれた女性との出会いによりヴェネツィアは去り難く、別れ難い都となった。それを余すことなく『河を渡って木立の中へ』は物語っている。パウンドにとってヴェネツィアは若き人生の過渡期にあって、未来を決断させた運命的な都市であった。『消えた光』の校正ゲラを手にし、それを運河に投げ捨てるか、それとも詩人として生きるか自らに決断を迫った場所であった。時にサン・マルコ広場の円柱の下に佇み、時にその対岸にあるジュデイッカ島の先端に立つ税関の石段に腰かけて若きパウンドは悩んだ。また、ヘミングウェイのヴェネツィアにアドリアーナがいたように、パウンドのヴェネツィアには生涯の恋人オルガ・ラッジがいた。

本書でヴェネツィアという水の都を磁場にして、ふたりの軌跡を辿ってみよう。今村楯夫が「ヘミングウェイとヴェネツィア」を担当し、真鍋晶子が「パウンドとヴェネツィア」を担当する。それが個別の音を出しながら、二重奏となって読者の耳に届けば幸いである。担当した章の引用文はそれぞれ、今村と真鍋の訳である。

なお表紙の写真はサン・マルコの船着き場からゴンドラが行き交う運河を隔てて臨んだ税関とその右手にサンタ・マリア・デッラ・サルーテ教会を写した一枚である。パウンドが腰掛けていた税関の石段は見えるだろうか。

第一部　ヘミングウェイとヴェネツィア

もし作者が自分の書いていることを充分に知っており、分かっていることを省略しても、本当のことを書いているかぎり、読者は作者が書いたのと同様、強い印象を受けるだろう。氷山の動きに威厳があるのは、それが表面に八分の一しか現れていないからである。知らないからといって省略すると、作品の中に空白が生まれるだけだ。（『午後の死』より）

序章　ヴェネツィアへの旅路

それまで多作だった作家が十年間、ひとつの小説も発表することなく、沈黙を守り続けるということは作家本人にとっても、また読者にとっても不本意で歯がゆい思いがあるだろう。ヘミングウェイはスペイン内戦を描いた『誰がために鐘は鳴る』以来、十年間、小説を世に出すことはなかった。一九五〇年、長い沈黙を破って『河を渡って木立の中へ』が発表され、久しぶりの長編小説に大いなる期待が寄せられた。結果として、多くの書評は失意と批判をもって、この新作を「失敗作」とみなした。その中でひとつだけ、高く評価した書評があった。それは劇作家、テネシー・ウィリアムズの「詩壇の頂点を希求した作家」と題して『ニューヨーク・タイムズ』に寄せられたものである。「これは最も悲しい街についての、世界で最も悲しい物語である」と述べ、さらに「これはヘミングウェイがこれまでに書いた作品の中で最高にして、最も正直な作品である」と絶讃した。ウイリアムズの評価に対しては賛否両論があろう。しかし、私にとって心に響いたのは「最も悲しい街」についての「最も悲しい物語」という表現だった。

『河を渡って木立の中へ』はヴェネツィアを舞台にした、ある悲しい愛の物語であり、これはまさに水の都ヴェネツィアから生まれた物語である。海の上に造られた街は水に囲まれ、いつも水の存在をどこかで意識していなければならない。この街が悲しいのは、水の上に建てられた都市の危うさなのかもしれない。街路も運河もぎっしり詰まってひとつの固まりになっていながら、異なる街区によって別れ、それぞれに広場があって、そこには公共の井戸《ポッツォ》があり、鐘楼がときを知らせる。長い歴史を刻み、水の満干が繰り返される町。狭い街路は迷路となって旅人を当惑させ、永遠に目的地に辿り着けなのではないかと絶望感を与えながら、いつしかどこかで目的地に辿り着くことができる。そのようなヴェネツィアで、ひとりの初老のアメリカ人がヴェネツィアの若く美しい女性に、自ら余命幾ばくもない死期を予知し、恋をし、離別する物語である。

時代は第二次世界大戦も終結してまもない一九四八年のことである。

ヘミングウェイは一九四八年九月七日、キューバのフィンカ・ビヒアの自宅を後に、ハバナ港からハヒエジョ号に乗船し、イタリアを目指す。この旅はヘミングウェイに同行した妻、メアリー・ウェルシュの伝記『実際のところは』に詳細に記されている。結婚前は第二次世界大戦の従軍記者として、戦地の取材を『タイム』やロンドンの『デイリー・メール』などに寄稿していたキャリアをもつだけに、その才能を充分に発揮した伝記と言えよう。九章「イタリアの旅」をもとにヴェネツィアへの旅を辿ってみよう。

乗船するやヘミングウェイはたちまち、船長を始め、船員、船客ともども親しくなり、船旅を楽しむ。キューバから乗り馴れた愛車、ビューイックを船に乗せていた。イタリアを旅するのに好都合だと考え、運転手は現地で見つければ、自分は運転せずに助手席で風景を楽しむことができるだろうと考えたからだ。快適な船旅は泥酔したポーランド人の機関士によって突如、破られることとなった。男はデッキでボルトに固定されていた大きな青い車がヘミングウェイのものであることを確認した上で「資本主義者、ブルジョアのブタ」とヘミングウェイを罵倒したのだ。心地よい船旅は突然破られ、ヘミングウェイは憤怒の人となる。イタリア人の航海士を介して、男との決闘を申し込み、翌朝、ピストルが用意された。当の機関士が雲隠れし、決闘は未遂に終わった。その後の船旅は平穏に過ぎ、ときには船から釣りを試みることもあった。リスボン港に停泊するや、魚市場を散策し、二週間ぶりの新聞を購入。ジブラルタル海峡ではイルカの大群と潮を吹き上げるマッコウクジラを五頭見るという幸運に恵まれる。

カンヌの港で下船し、積んできたビューイックを降ろし、当初予定していたプロヴァンス地方への旅は、木橋が嵐で壊れていたため、予定を変更し、ジェノア経由でストレーザに向かう。ストレーザでは最高級のグラン・ホテル・ストレーザに到着すると、ホテルのドアマンが「お帰りなさい、シニョーレ・ヘミングウェイ」と言いながら、外まで迎えに来る。三十年ぶりの再会だ。一九一八年九月、ミラノの赤十字病院に入院中、杖を使って歩けるようになったヘミングウェイは外出許可を得て、イタリア北部のマジョーレ湖にやって来て、このホテルに滞在したのだ。一度しか会ったことのない客の顔を、しかも三十年の歳月を経て、なお記憶にとどめているというのはプロのドアマンという専門意識と自負心によるものなのだろうか。いや、おそらくへミングウェイの顔写真をこれまで何度も目にしていたためであろう。『武器よさらば』では主人公がこのホテルの宿泊した様子は、詳細に描かれている。主人公のフレデリックが戦線離脱を計り、逃亡兵として追われる身にあった最中、ホテルのボーイの粋な計らいでボートを無償で借り、風雨の吹き荒れる中、マジョーレ湖を縦断し、スイスへと逃亡した。一泊のホテル宿泊は『武器よさらば』の中では壮大な逃亡譚を生むこととなった。

ジェノアで雇い入れた運転手、リカルドはへミングウェイが何者であるかをいち早く察知し、仲間に話したためか、翌日、新聞記者のインタビューを受けることとなり、へミングウェイが小柄なメアリーを指して言った「幼な妻」だという冗談が、現地の新聞では事実として報道された。

一週間後、へミングウェイはヴェネツィアの遥か北、オーストリアとの国境に近いコルティナ・ダンペッツォに到着する。当地のフィデリコ・ケチュラー伯爵がホテルにへミングウェイを訪ね、オーストリアとの国境を越えたところにある伯爵のお気に入りの湖での釣りに夫妻を招待する。ときは十月。イタリアの山岳地帯はまさに錦織成す紅葉の真っ盛りで、メアリーはその情景を次のように表現している。「コルティナから渓谷を登っていくと、あたり一帯は緑の木の葉と松の緑、オリーブ色をした緑、黄色と黄金色に燃える緑陰。カラカラと音を立てるリールをフィデリコから借り受け、湖で釣りをし、アーネストは小さなサケを一匹釣り上げた」。

ケチュラー伯爵はイタリア空軍における高官で、メイフェア(ロンドンの貴族や富豪の住む一画)のアクセントで飾り気のない純粋の英語を話し、ヴェネツィアやその周辺に住む一族を始め、知人、友人をヘミングウェイ夫妻に紹介してくれた。ヘミングウェイにとってはまさにケチュラー伯爵との出会いによって、イタリアの上流階級の人たちとの交流が始まったと言えよう。

この交流に関しては興味深い本がある。ジョブスト・クニゲの『ヘミングウェイのヴェネツィアの女神　アドリアーナ・イヴァンチッチ』(二〇一二年)だ。国際学会の初日、会場となっているヴェネツィア国際大学の食堂で昼食券を片手に長い列に並んでいたところ、後ろから声を掛けてきたのがジョブストだった。「あなたは随分、アドリアーナに関心があるようですが、何か特別の理由はあるんですか」というのが第一声だった。

それは午前中に「ジャコモ・イヴァンチッチとマーク・シリノの対談」と題したパネルがあり、アドリアーナ・イヴァンチッチの弟であるジャコモ・イヴァンチッチに司会者が質問するという対談形式のものであった。彼女に弟がいたという事実はこれまで知られていなかったことであり、それだけでも驚きであったが、いまなお存命であり、まさに歴史の生き証人でもある氏の話は興味津々であった。対談の後、質疑応答の時間があり、私には個人的にどうしても確認しておきたいことが一つあった。ヘミングウェイとアドリアーナの交わした書簡、それぞれ三十通を優に越える書簡のコピーをすでに入手し、それを翻訳したいと思っていたからである。そこで書簡の版権についての質問を私がしたのを、このジョブストが聞いていたのだろう。それはさておき、ジョブストに声をかけられたことをきっかけに同じテーブルで昼食をとることとなった。そこでちょっと恥ずかしげに、実はこんな本を出版したんだが、と言って見せてくれたのが、その『女神』の本だったのだ。十ユーロ。

二年前にベルリンのフンボルト大学で出版された百頁に満たない小さな本だが、手に取って中をぱらぱらと見ると、それまで一度も見たことにないヘミングウェイの写真に加えて、アドリアーナとヴェネツィアに関わる写真が数多く掲載されており興味深く思われた。

『河を渡って木立の中へ』を最初に読んだときに、そこに描かれていたヴェネツィアと海に広がる礁湖の冬景色に惹かれたのが、きっかけだったと言う。ただこの愛の物語は少々、叙情的であり、承服しがたいものだった、と。ヘミングウェイが交流をもつことになったイタリアの上流階級の人たちは次のような人たちだ。

まず兄弟のカルロ・ケチュラー伯爵、ナンユキ・フランケッティ男爵、カルロ・デ・ロビラント伯爵、ギリシャのアスパシア王女、ユーゴスラビアのペテロ国王の義母、そしてイヴァンチッチ一族。ファシズムの弾圧にあって禁書となっていたヘミングウェイの本がふたたび出版されるようになったこともあり、彼らは著名なアメリカ作家にしてイタリアに多大な関心を抱いていたヘミングウェイとの交友を楽しんだのだ。

メアリーの伝記に戻ろう。

コルティナに滞在している間にヘミングウェイはすっかり、この土地が気に入り、冬にはスキーも楽しめることを期待し、町の外れに家を一軒借りることとした。その名も「ヴィラ・アルピーレ」、青春の館と名付けられ、そこからは一望のもと、なだらかな緑の丘陵が広がっていた。予約を済ませ、コルティナからサン・マリノまでビューイックでくだり、招待を受けたフィデリコ・ケチュラー伯爵邸を訪れ、伯爵は家の前まで迎えに出て、歓待を受ける。その夜の日記にメアリーは次のように記している。

「すばらしい午餐、すばらしい人たち。そして今夜、ヴェネツィア、ヴェネツィア、ヴェネツィア。見事な橋が連なる町、満月をほんの過ぎた月、大運河を悠然と上っていく。神秘《ミステール》の中に不可思議な挑戦。でも九時半を過ぎ、パパは夕食後すぐに眠りについている。まだ見ぬ街を訪ねるのに夜は最高なとき。だから初めての探検はたそがれと神秘の中にある。でも私たちは部屋で食事をし、床に就いた」とヴェネツィアの最初の夜を記している。

ヘミングウェイはヴェネツィアに対してどのように感じたのだろうか。『河を渡って木立の中へ』はひとりの老兵の眼差しを通して、そこで出会ったひとりの若き美しい女性と共にヴェネツィアの魅力が甘美で哀しい物語として語られ、ヘミングウェイの心が刻まれている。

第一章　魅惑のヴェネツィア　運河からの眺め

ヘミングウェイはヴェネツィアの魅力を『河を渡って木立の中へ』のさまざまな場面で語っている。トリエステを発ち、ヴェネツィアのローマ広場に到着したキャントウェル大佐はそこで水上タクシーに乗り込み、グリッティ・パレス・ホテルに向かう。舟から眺める風物は時間を超克するさまざまな想念を呼び覚まし、現在から過去に飛翔し、現在と過去は混然と一体化し、果てしない壮大なタペストリーとなって広がっていく。

この街は私の住むべきところだ。退職金で十分やっていける。グリッティ・パレスなどではなく。あそこに見えるような家の一部屋を借りる。潮の満ち引きや、行き来する舟。午前中は読書をし、昼には散歩に出かけ、毎日、アカデミア美術館でティントレットを眺め、スクオーラ・サン・ロッコに行ったり、市場の裏にある安くておいしいレストランで食事をする。ある

いは家政婦に夕飯を作ってもらう。（第六章）

一九四八年十月から十一月にかけてヘミングウェイは妻メアリーとともにグリッティ・パレス・ホテルに滞在していた。このたびの学会開催に伴ってカクテル・パーティが催され、ホテル側の説明では、ヘミングウェイの宿泊した部屋は二階にある最上級の一一五号と一一六号室が続き部屋のスイートだということだった。ホテルについては別の章で詳しく述べるが、ちなみに、この部屋が一番高いことは確かだ。ともあれ、ここに長く逗留するのは経済的に負担が大きすぎる。もっと素朴で質素な家を借り、運河を眺めることができればヴェネツィアの風景も風情も十分楽しめよう。この年、ヘミングウェイは十一月にはいると、グリッティ・パレスを出て、離島のトルッチェロ島に移り、島では唯一のホテル、ロカンダ・プチリアーニに逗留する。

一方、キャントウェル大佐はヴェネツィア滞在の折には食事を楽しむことはもとより、美術館や教会で絵画の鑑賞を楽しみとしている。グリッティ・パレスと大運河を挟んで対岸にアカデミア美術館がある。「毎日でも美術館に行ってティントレットを見てみたい」と大佐が願うヴェネツィア生まれのティントレットの絵はこの街のさまざまな教会と美術館で見られる。アカデミア美術館には「聖マルコの遺体の運搬」や「聖マルコの奴隷」「聖マルコの奇跡」の連作が並んで飾られ、画面を埋めくす、さまざまな人びとがドラマティックな動きをもって目を引きつける。

また大佐が行ってみたいというスクオーラ・サン・ロッコはサン・ポーロ地区にある。「スクオーラ」とは日本語では「同信会」と訳されており、中世に修道僧や敬虔な信者たちが貧しい人や病人に対して社会的な援助を行うことを目的として結成された奉仕団体である、このサン・ロッコはペストの被害者たちの守護神、聖ロッコを祭った建物であり、ここにはティントレットの傑作と言われる作品が数多くあることで有名である。ヴェネツィアはしばしばペストが蔓延し、ティントレット自身がペストで亡くなる。建物の正面に立てばルネッサンス様式の白い大理石で造られた円柱やアーチ型をした窓の優美で豪華な美しさに圧倒されるが、一歩中に入れば、さらにティントレットの絵画に取り囲まれ、まさに美の殿堂に包み込まれる思いがする。

一階の大きな広間の正面、左手に「受胎告知」が配置されている。ティントレットはこの聖母マリアに農婦をモデルにしたという。それまでのマリア像のイメージとまったく異なり、たくましく生命力に溢れたマリアの姿が暗い部屋の中で浮き彫りになる。二階の大広間の天井には二十三枚の旧約聖書および新約聖書から得られた逸話が描かれ、これもまたティントレットの手になる絵画である。また壁にはティントレットの傑作中の傑作とされる「キリストの磔刑」に生涯の二十四年間を費やされ、内装とともにその精神と人生が刻まれた空間が、五百年近くの歳月を経て、なお生きている。

ヘミングウェイはこの内部空間に魅了され、ティントレットの絵画の精髄を感知していたに違いない。ただ、画家の名前と建物の名前だけを語り、それ以上のことは読者に任せたのだ。

ヴェネツィアは不思議な、仕掛けの多い町だ。ある場所から別の場所に歩いて行こうとするとクロスワード・パズルを解くよりも面白い。われわれが褒められていい数少ない中のひとつに、この町を破壊しなかったことがあげられよう。そのことでヴェネツィアの人たちがその事実を尊重してもいるのだ。この町は気に入っている。まだほんの小僧で、イタリア語もろくにしゃべれず、この町を見たこともなかったのに、この町の防衛に力を貸したのだ。(第六章)

迷路のように入り組んだヴェネツィアの街の中を散策するのは、急ぐ用事もなく時間さえあれば、まさに迷宮の中を彷徨う冒険のような魅力がある。地図を片手に目的地に向かって行っても、それは行き止まりだったり、あるいは岐路にあって、どちらがメインでどちらが路地なのか容易に判断はつかない。

日本から予約した共同アパートに着くまでに費やした時間はほぼ一時間。サン・トーマの船着き場とアパートとは滞在していた八日間、毎日、通うことになったが、最初の数日間は岐路に立っては、建物の壁面を見上げ、船着き場への矢印を確認し、右に曲がったり左に曲がったりしながら次第に本能に地図が刻まれていった。道に迷うことなく急いで歩いて行けば十分ほどの距離だった。

迷路はいつしか迷路ではなくなり、広場の一角には中華料理店があることに気づいたり、おいしいアイスクリーム屋があったり、さらに広場を反対側に行けばスーパーマッケットがあることも分かり、街に対して次第に親しみが涌き、教会や「宮殿」と称される館や美術館だけではない、日常の生活の場があることを実感する。

『河を渡って木立の中へ』のキャントウェルはヴェネツィアを前にして、ふたつの戦争に心は揺れ動く。「この町を破壊しなかったこと」を「褒められていい」ことだと自賛するのは第二次世界大戦のことであり、「この町を防衛」したのは第一次世界大戦のことである。ただ、ヴェネツィア同様、確かに奈良も京都もアメリカの空爆は受けなかったように、そのことではよかったと思えるのだが、そのことをもってキャントウェル大佐が自賛する裏に戦勝国のアメリカ人のひとりとして、どこかに罪の意識を秘めているのだろう。第二次世界大戦が終わって間もない時期にあり、まだ戦争の傷跡が生々しく残っているイタリアにあって、あえてアメリカ軍の軍服を着て、敗戦国の街中を歩き回るひとりのアメリカ人を主人公にして書かれた『河を渡って木立の中へ』には全体に、どこかに戦争に対する罪悪感のような感じが漂っている。准将から降格した大佐、という設定も、そこには軍隊組織からこぼれ落ちた敗北者的な立場を暗示し、アンチ・ヒロイックな姿が透けて見えてくる。またアメリカを正当化し、その中に自己正当化を図ろうとする空しい姿が浮かび上がって来る。

さまざまな風物や建物から、大佐の脳裏に浮かび上がるのはヴェネツィアに深く関わる人びとである。コンテッサ・ダンドロ伯爵夫人、ジョージ・ゴードン、バイロン卿、ロバート・ブラウニングとその夫人。名士から詩人にいたるまでさまざまな人びとが脳裏に浮かんでは消えて行くが、その中で執拗に繰り返し、登場する人物がガブリエーレ・ダヌンツィオである。大佐の口を通して、このイタリアの英雄は微妙な言葉で評されることになるが、それはおそらく作者ヘミングウェイ自身のアンビバレントな思いによるように思われる。愛憎相克の心の揺れ。

そもそもローマ広場の船着き場で声をかけて来た船頭との会話から、この男の長兄は徴兵を待たずに志願兵となって軍隊にはいり、グラッパで戦死したのだと分かる。グラッパはヘミングウェイ自身が一時、駐屯していた基地であり、ピアーヴェ川の西に位置している。長兄が志願したのは、一九一八年にダヌンツィオの演説を聞き、それに夢中になったためだと言う。(この演説をヘミングウェイ自身も聞いており、このことについては別の章で詳しく述べる)。

最初にダヌンツィオのことにヘミングウェイが言及したのはその年の十一月二十八日、ミラノのアメリカ赤十字病院から家族に宛てた手紙である。感謝祭の夜に書かれた手紙には病院で七面鳥とカボチャのパイが振る舞われたこと、スカラ座でトスカニーニ指揮の「アイーダ」や「セビリアの理髪師」や「メフィストフェーレ」などを観たことに加えて、ダヌンツィオの『ラ・ナーヴェ』(船)を見に行く予定だと記されている。戦時下にあって、大都会ミラノで、しかもスカラ座という音楽の殿堂でオペラが上演されていることも驚きだが、入院中の身にあって観劇に行くヘミングウェイも驚きである。幼少時代から母親に連れられてシカゴのオペラ・ハウスでオペラ鑑賞やオーケストラに興じていたヘミングウェイにとって、当然のことであったのだろう。またミラノにあって母親に近況報告とともにオペラの上演題目を知らせているのも母子の共通の話題として、ごく普通のことであったのだろう。戦傷を負い、外地にあって、母親への手紙は愛情溢れるものとなっている。息子アーネストが母親と相容れない不和の関係に陥るのは、帰国後のことである。

なお、ヘミングウェイが手紙で知らせている『ラ・ナーヴェ』の作者、ダヌンツィオはイタリアの英雄的な軍人であり、詩人であり、また戯曲家でもあった。ヘミングウェイは『ラ・ナーヴェ』を観た印象については何も記していないが、翌年一九一九年十二月四日の母親に宛てた手紙ではふたたび、ダヌンツィオについて触れている。両親が所有していた北ミシガンの湖畔の別荘から発信されたものだが、そこで「フィウメに今、居られたらなあ、と思います」と記している。イタリアとユーゴスラビアで国境を巡る紛争の最中にあって、この年九月にダヌンツィオが武装蜂起をし、フィウメを独立国家として新国家を樹立したニュースが世界中に流れ、ヘミングウェイはアメリカに帰国後、このニュースを知ったのだろう。

『河を渡って木立の中へ』の中ではダヌンツィオに関しては断片的ながら五頁にわたたって、詳しく語られ、異様なほどに詳細な描写となっている。改めて「ヘミングウェイとダヌンツィオ」と題した章で詳しく述べることとする。シェイクスピアやダンテについても繰り返し話題になるが、このふたりよりもダヌンツィオについての言及が圧倒的に詳しいのだ。

キャントウェル大佐を乗せた舟は、大運河から見られる家としては特異でひと際目立つ、樹木に囲まれ、蔦の絡まる館の前を通り過ぎる。かつてダヌンツィオが一時期住んでいた館だ。そこから五つほど建物を隔てて、目指すグリッティ・ホテルが現れる。

前方にサンタ・マリア・デル・ジリオのゴンドラが交錯する四つ辻があり、グリッティ・ホテル専用のゴンドラの木造の船着き場が見える。「あれが、われわれが泊まるホテルだ、ジャクソン」大佐が指差したのは、運河に面して、四階建ての薔薇色をした、こぎれいで気持ちのよさそうな建物だった。以前はグランド・ホテルの別館だったが、いまは独立したホテルでかなり上等なホテルだ。（第六章）

ヘミングウェイはこのグリッティ・ホテルをことのほか気に入り、『河を渡って木立の中へ』の主人公、キャントウェル大佐の宿として詳しく描かれることになる。

第二章　華麗なるグリッティ・パレス・ホテル

ヘミングウェイの文学上の師匠、ガートルード・スタインが「ヘミングウェイはアパートや家を探すのが実に上手な人ね」と、奇妙な褒め方をしたことがある。一九二〇年代、パリにあって、経済的に必ずしも豊かとは言えない時代に、ホテルでもアパートでも特有の嗅覚のような感覚と才能をもって、快適な住処を探しあてることを得意としていたようだ。その感覚と才能は生涯、変わることなく発揮されたように思われる。貧しい時代はそれなりに身の丈の合った快適なアパートや宿を見つけ、また著名人となり、生活も豊かになるとこれまで以上に、その特性は発揮されていった。

パリのリッツ・ホテル、スペインはパンプローナのホテル・キンターナ、キューバのアンボス・ムンドス・ホテル、アメリカ中西部アイダホではサン・ヴァレー・ロッジそしてヴェネツィアではグリッティ・パレス・ホテルといずれも最高級ホテルに泊まっている。しかも多くがそのホテルの中でも最高の部屋だ。著名人となってからは、ホテル側でも内外にその名を知らしめる広告塔としても期待もあったのだろう。ともあれ、グリッティはそのひとつである。ヘミングウェイがグリッティ・パレス・ホテルに宿泊の際に利用した客室は次のように描かれている。『河を渡って木立の中へ』ではエレベーターが最上階まで行き、そこから客室に行ったと書かれているので、物語の中では四階の部屋だ。ヨーロッパ風に言えば、一階がグランド・フロアーなので三階と呼ぶべきかもしれない。

広く大きい廊下で天井は高く、大運河に面した客室の部屋と部屋の扉の間隔は格別に大きい。ここはかつて宮殿だったから、当然と言えば当然のことで、どの部屋からも見晴らしは素晴らしかった。召使いたちの部屋を除けば。実際にはさしたる距離ではなかったが、大佐には随分歩かされたような感じがした。……ボーイが部屋の扉をさっと大きく開き、大佐は中に入った。立派な鏡付きの黒く、背の高い衣装ダンス、二つの上等なベッド、みごとなシャンデリア、閉じられたままの窓からの眺め。風に打たれて波立つ大運河。運河は素早く移ろいゆく冬の陽光の中で鋼鉄のような灰色をしていた。（第八章）

二〇〇年近くもの間、「ヴェネツィアで最高のホテル」と称されてきたのはホテル・ダニエリであろう。ヴェネツィアの名門ダンドロ家の館であったこのホテルは十八世紀から十九世紀の様式をとどめ、一歩、ホテルのドアを開けたとたんに内部装飾がまさに絢爛豪華で重厚な雰囲気は人びとを圧倒させるように迫って来る。さまざまな宿泊客がその魅力を余すところなく書き記している。チャールズ・ディケンズ、マルセル・プルースト、ガブリエーレ・ダヌンツィオ、ジョン・ラスキン、リヒャルト・ワーグナー。

一方、グリッティ・パレス・ホテルも同様、歴史は長い。一八九五年にホテルとして一般の人びとに解放されるまではグリッティ家の邸宅をして使われ、「グリッティ宮殿」と称され、その名がホテルの名称として用いられることとなった。建物そのものは十五世紀に建てられ、ゴシック様式の質実剛健で堅牢な雰囲気をとどめている。大運河に面した壁面はアーチ型に縁取られた窓を列ね、明るいステンドグラスが施されているため、外光をいっぱいに取り込み、内部装飾もベージュ色を基本的な色調にした壁紙とともに、明るい、モダンで上品な雰囲気を漂わせている。壁紙を壁に張り巡らすという長い歴史をもつヨーロッパの室内は、障子と襖・土壁などの塗り壁の歴史をもつ日本の家屋とは異なり、壁紙のセンスを生かすことに長けており、わけてもイタリア人の壁紙に対するセンスのよさは抜群だ。なかでもこのグリッティ・パレスは一段と優れているように思われる。

キャントウェルの宿泊した部屋の様子は衣装ダンス、ベッド、シャンデリアによって簡潔に紹介されており、いかにも高級感溢れる雰囲気を伝えている。窓から眺める大運河は、冬の景色となって広がり、重い雲の下で暗く、寒々しい。

『河を渡って木立の中へ』のなかで、キャントウェルとレナータがグリッティ・ホテルの運河に張り出したポーチで朝食をとる場面を見てみよう。

ふたりはテーブルにつき、早朝の運河の上に荒々しく揺れ動く光を眺めていた。太陽が昇り、灰色が黄色みを帯びた灰色に変わり、波が引き潮ともみ合っていた。(第二十六章)

陽の移り変わりとともに刻々と変幻する水と光の乱舞はヴェネツィアの、それも特に運河の魅力だろう。色の変幻も、波の動きもその微妙な美しさによって人びとの心をとらえる。水と光と影の街、ヴェネツィア。海中に無数に打ち込まれた目に見えない支柱がこの街を支え、街は水没から守られながら、おびただしい数の島々を生み、運河に囲まれている。どこかで無意識的にヴェネツィアの危うい現実を、揺れ動く運河が語り続けているような感じを抱く。樹木は希少価値のある緑であり、ふと開いた邸宅の門の背後の中庭に樹木が繁っているのを目にしたり、あるいは高い石造の上に枝を伸ばしている木が見えたりすると、妙に安らかさを感じるのはヴェネツィアが人工の島で、石畳と石でできた塀と建物の街だからだろう。

天井にちらちらと揺れ動いている光の戯れを大佐は見上げた。それは運河に反射したものだった。光は奇妙な、しかし規則的な動きをし、姿を変え、まるで鱒が川の流れの変化につれて動きながら、そこに留まり続け、それでいながら陽の動きとともに変化するのに似ていた。

(第三十章)

運河の微妙な変化はグリッティ・ホテルの内部、部屋の天井で光の乱舞となって遊び戯れる。動きが鱒に似ていると思う心に、ヘミングウェイの読者は二〇年代に書かれた短編の傑作「大きな二つの心臓のある川」に描かれた川の流れに逆らい、微妙な動きをする鱒の姿を思い浮かべることができるだろう。

自らの死期が近いことを知るキャントウェルの感性は鋭敏に研ぎ澄まされ、ヴェネツィアの水の美しさを光の影の中にも見る。その傍らにはレナータが身を横たえている。離別の時間は刻々と時を刻む。残された時間はわずかだ。

ヘミングウェイがグリッティ・ホテルにふたたび泊まったのは一九五四年三月のことだ。アフリカでの二度の飛行機事故により「ヘミングウェイ死亡」のニュースが世界中を駆け巡り、その後、無事が確認された。ヘミングウェイはケニアのモンバサ港からヴェネツィア行きの客船で到着し、アドリアーナ・イヴァンチッチの出迎えを受けた。三月末から五月初旬にかけて、ときにはトルッチェロ島への小旅行などはあったが、ほとんどをグリッティ・ホテルで過ごすことになったのは、飛行機事故の後遺症に悩まされ、治療に専念する必要があったためだ。このときにも四階の北西の角部屋の宿泊していたことはA・E・ホッチナーによる著書『パパ・ヘミングウェイ』に詳しく記されている。マドリッドへ出立する前夜、ヴェネツィアの最後の夜はイヴァンチッチの邸宅でハンバーガー・ディナーのパーティが開催され、二次会はグリッティ・ホテルのヘミングウェイの部屋で開かれた。酔いに任せて、室内で野球に興じた結果、部屋の戸止めの棒をバット代わりに用いたところ、その留め金が外れてガラス窓を破って道路に飛んで行ってしまった様子を詳細にホッチナーは記している。下の舗道からはいくつもの怒声が聞こえ、翌日、チェックアウトの際にヘミングウェイはガラス代の弁償を申し出た。マネージャーの言い分が、さすが一流ホテルの上客への対応として粋だ。グリッティ三百年の歴史で、部屋で野球をした客は前代未聞です。その記念にムッシュー・ヘミングウェイ、お代は一〇パーセントを引かせていただきます、ということだ。

第十六回国際ヘミングウェイ大会の会期中の催しの一つ、グリッティ・ホテルでのカクテル・パーティはヘミングウェイ協会への募金を兼ねて開催された。これまでもヴェネツィアを訪れるたびにホテルの受付でパンフレットをもらい、そのついでに中のホールをさりげなく見て回ることはあったが、今回は正式にカクテル・パーティの客人として、ゆっくりと豪華な装いを見ることができる絶好の機会だと、楽しみにしていた。ロビーを抜けて、右手の大きな扉を通り抜け、外に出ると大運河に面した広々としたデッキが眼前に広がり、幾つものテーブルにはおつまみが置かれ、ウェイターとウェイトレスがシャンパン・グラスを乗せた盆を持って、飲み物を勧める。

今回の大会のプログラムの表紙の写真は、ネクタイとジャケットを身につけたヘミングウェイがこのデッキの木枠に軽く腰を乗せ、どこか前方を眺めている姿を写したものだ。運河を挟んだ対岸に見える丸い屋根の建物はその形状からサンタ・マリア・デッラ・サルーテ教会だ。まさにその写真を写した位置に立つと、教会はさらに距離を縮め、建物の細部を形作る窓や柱の優美で精巧な造りがよく見える。ヴェネツィアのバロック建築の第一人者、バルダッサーレ・ロンゲーナの手によるひと際、美しい教会だ。第七章で詳しく述べる、イヴァンチッチ家の別荘と深く関わる。

飲み物はシャンパンから白ワインと赤ワインに移り、チーズやカナッペが加わる。会員たちは目が合えば、言葉を交わし、初対面の者は自己紹介をし、ヴェネツィアの夕を運河とともに楽しむ。運河にはひっきりなしに黒塗りのゴンドラが客を乗せて通り過ぎ、その間を勢いよく水上タクシーが抜けて行く。さらに大勢の人を乗せたヴァポレットが往来する。

マーク・シリノが声を掛けてきて、二階のポーチを指して、マネージャーの話だとヘミングウェイがよく泊まっていたのはあの二階のスイートだったそうだと言う。これまで四階角部屋こそ「ヘミングウェイ・ルーム」だと信じきっていた私にはまさに新情報だった。地元のカメラマンが専属で雇われており、人びとの間を歩き廻り、さかんにスナップ写真を撮っている。そこで先ほど聞いた「ヘミングウェイ・ルーム」のことを彼に告げ、部屋の内部を撮影できるように交渉するよう依頼してみた。カメラマンといっしょにロビーを抜け、さらに奥にあるデスクの女性と交渉をした。

しばらくすると例のカメラマンが、二階のポーチからデッキにいる我々を撮影しているのが見えた。彼はヘミングウェイ・ルームにはいることに成功したのだ。そこで私はロビーを抜け、二階に通じる狭い階段を駆け上がり、カメラマンのいる部屋に辿り着く。部屋番号は一一五と一一六と並んで記され、それが単にスイートルームというだけでなく、ふたつの寝室のある、大きな造りの客室であることが分かった。入り口にはヘミングウェイの写真が飾られ、ヘミングウェイ独特の丸い文字でサインが記されており、まさにこれが「ヘミングウェイ・ルーム」です、と自称しているようだ。ソファが二つ、三つと向き合うように置かれたリビングルームの西側には、フランス窓が床から天井まで大きく広々と開かれたままベランダに続いている。ベランダに出ると、先にカメラマンが立っていた場所からは、眼下にパーティに興じている人びとを目にすることができる。

室内に戻ると、ふたたび部屋の豪華な家具や絨毯に目を奪われる。飾り棚の上部には大きな鏡が据えられ、部屋を大きく映している。バスルームを挟んでリビングルームに隣接する寝室のベッドはキングサイズだが、横幅と縦の長さが同じ位で、短い感がある。さらにダイニングルーム、バスルーム、そしてもう一つの寝室が続く。

パンフレットによるとこの部屋は全体で二五〇平米の広さだという。一泊一三〇〇〇ユーロ、日本円に換算すると約一八〇万円。「ヘミングウェイが泊まった部屋」という触れ込み故に、高い料金が設定されているのだろうか。ヘミングウェイが泊まったときの宿泊費は果たして幾らだったのか。あまりの高さになにか、白々した衝撃を受けたが、それは貧しき民の妬みなのだろうか。もしかするとヘミングウェイは実はこの部屋に泊まったことはなかったのではないか、とふと思った。

ふたたびパーティ会場となっているテラスに戻り、ワインを片手にしばし、運河を行き交うゴンドラやヴァポレットを眺め、次第に暮れ行くヴェネツィアの夕べに身を任せた。ヘミングウェイが眺めた、水と光。

第三章　ヘミングウェイとダヌンツィオ

大運河を進む水上タクシーの上から『河を渡って木立の中へ』のキャントウェルは一軒の館に目をとめる。

小さなヴィラに目を止め、ふと思った。それにしても、水辺に向かって扉を閉ざし、まるでル・アーブルやシェルブールから出ている汽船連絡列車がパリの郊外に差し掛かったときに車窓から目にするニュータウンのように醜い家だ。手入れの悪い樹木が混み合いすぎており、できることなら住みたくない家だ。ここに、ダヌンツィオは住んでいたのだ。人びとは彼の才能ゆえに、彼を愛し、不品行と勇敢を愛した。無一物のユダヤの少年が、才能と独特の華麗な言葉でこの国を風靡した。私が知る誰よりも憐れむべき人間であり、誰よりも卑劣な人間だ。……そしてガブリエーレ・ダヌンツィオは(私はいつも彼の本名は何というのだろうかと思っていた。ほかにダヌンツィオなんて名前の人物がこの国に実際、誰もいなかったし、たとえ彼がユダヤ人ではなかったとしても大した違いはない。）いろいろな女たちの腕に抱かれてはそこから抜け出して行ったように、いろいろな軍隊の中を渡り歩いた人間だ。ダヌンツィオが勤めた軍隊はいずれも快活な部隊で、与えられた使命も、歩兵部隊を除いて、どこよりも迅速かつ容易に遂行できた。ダヌンツィオが飛行機事故で片目を失ったときのことを覚えている。トリエステかポーラ上空を機上偵察のために飛行中、墜落し、片目を失い、その後はいつも眼に眼帯をしていた。事情を知らない人たちは、また当時、実際に誰も本当のことは知らなかったので、ヴェリキかサン・ミケーレか、カルソ川あたりで一人残らず全滅したとか、戦闘不能に陥ったりしたような、誰でも知っている場所でやられた傷だと思っていた。しかしダヌンツィオは、ほかのことと同様、ただ英雄めいたジェスチャーをしたに過ぎない。歩兵というやつは奇妙な駆け引きを心得ているものだ、と彼は思った。しかし、ガブリエーレは飛行機に乗ったが、飛行士ではなく、歩兵部隊に入ったが歩兵でもなく、見た目はいつも同じだった。（第六章）

かつてダヌンツィオが過ごしたことがあるという樹々に囲まれた館を前にして、キャントウェル大佐の長い独白のような言葉はさらに続く。運河に沿って進んでいく舟からの眺めに触発された想念としては、一種、異常な感は否めない。しかも、どこか屈折していて、悪意とも憎しみとも思われる批判めいた言葉が連なっている。老兵といえども、現役の軍人がイタリアの英雄と讃えられてきたガブリエーレ・ダヌンツィオに向けられた言葉としても何とも無粋だ。

そもそも『河を渡って木立の中へ』の主人公を職業軍人とし、しかもかつて准将だった軍人が大佐に降格させられ、その屈辱的な状況下にあって、なお勇敢なる軍人であろうとする姿と言動を表現するにあたり、それは必然的に無粋であらざるを得ない。彼は軍服をまとった道化なのだ。愚言も愚行もその装いとともにある。しかし、その中にときとして輝けるばかりの真実が垣間見えることがある。

第一次世界大戦におけるイタリア戦線でのヘミングウェイ自身の体験が投影されているが、キャントウェル大佐という職業軍人のモデルのひとりとされるのはヘミングウェイが従軍記者としてノルマンディ上陸作戦の後に面会した第四師団二十二連隊のチャールズ・ラナム大佐(後に将軍)である。その後、ヘミングウェイはこの師団と行動をともにし、第二次世界大戦におけるヨーロッパ戦線で「第一級の敗北」と後に揶揄されるヒュルトゲンヴァルトの闘いで多大な死傷者を出した際にも連隊に留まり、体験を共有している。

この二つの大戦を背景にした『河を渡って木立の中へ』で、執拗なほどにダヌンツィオに主人公がこだわりを見せるにはヘミングウェイの屈折した思いが込められているからだろう。先に触れた母親への手紙で、ヘミングウェイはミラノの赤十字病院に入院中に母親にダヌンツィオのオペラについて書き、またアメリカ帰国後にダヌンツィオが独立国を樹立したフィウメに行きたい旨、母親に語っているように、フィウメという都市を独立した国家とすべく行動を起こしたダヌンツィオに当時、ヘミングウェイは強く心を動かされた。ダヌンツィオ自らが司令官となって軍団を結成し、イタリア人武装集団を率いて、アメリカ、イギリス、フランス三軍によって組織された守備軍を追放することに成功し、パリ講和会議でのフィウメのユーゴスラビア割譲の決定を武力によって覆すこととなった。その行動を支えたのは国家主義に基づき、戦勝国であったイタリアの存在と役割を戦後も維持したいという願望であった。さらに国際連盟に対抗する組織を結成し、被抑圧民族であるフィウメのイタリア人、バルカン半島のスラブ人の民族分離主義者などを糾合したが、これは失敗に終わった。さらに一九二〇年のラパッロ条約に反対し、イタリア本国に対して宣戦布告をしたが、それも失敗し、十二月に投降した。

第一次世界大戦での華々しい行動と戦後の情熱的かつ扇情的な軍事行動がなによりもイタリア国民の心を動かし、またヘミングウェイの心をとらえたのだろう。武装蜂起は一九一九年九月十二日、ヘミングウェイが母親に手紙を書いたのが同年十一月十一日、蜂起からわずか二カ月後のことであり、オークパークの家を離れ、ひとりペトスキーの下宿でこつこつと創作に励んでいたときだ。このころの体験に基づき、「三日あらし」「北ミシガンにて」「あることの終わり」などの短編が出版されることになるが、戦争直後のこと故、イタリア戦線での体験の記憶とイタリアに対する郷愁を心に秘めたまま短編には投影されていない。イタリアを離れ、ことさらイタリアへの思いを強く抱いていたときにあって、ダヌンツィオの独立国家を目指す熱く英雄的な行動はヘミングウェイにとっては強い衝撃となって受けとれられたに違いない。

一九二〇年、ペトスキーからカナダのトロントに移り住むことになったヘミングウェイはウルワース社のカナダ支社長だったコナベル家に寄宿し、その家の娘ドロシー・コナベルにダヌンツィオの著書『炎』の英訳本を、自らサインして送ってもいる。ほかにも何人かの女性にこの本を贈呈したという説もあり、よほど『炎』に心を動かされたのであろう。私が入手した英語の翻訳本 *The Flame of Life* は一九〇〇年、ニューヨークのコリアーズ社によって出版され、挿絵には大運河に浮かぶ二艘のゴンドラの背後にサンタ・マリア・デッラ・サルーテ教会のどっしりとあたりを睥睨するかのような写真が使われている。この本以外に英訳本がないので、ヘミングウェイもこのコリアーズの一九〇〇年出版の本を読んでいたに違いない。

『炎』はヴェネツィアの物語であり、またダヌンツィオ自身が自らをモデルにして、当時、一世を風靡したイタリア第一の大女優、エレオノーラ・ドゥーゼとの熱烈な恋愛を、虚飾を交えて描いた物語である。文体はヘミングウェイの文体とは対極にあると言ってもいいだろう。フランス象徴主義の影響を強く受け、華麗な描写に、激しい情念とときには暴力と異常心理が混然となって展開する愛の物語となっている。ヘミングウェイは親しい女性たちに献本しただけで、この物語についての感想は何も述べていない。ただドロシー・コナベルに献じた本には裏表紙に「いらなくなったら、誰にあげても結構です」と言葉が添えられている。なんとも不可解な言葉だが、こんな風に解釈できるかもしれない。ヘミングウェイはこの本を世の中の魅力的な女性たちに是非、読んでもらいたいと願っていた。エレオノーラのような情熱的な女性の魅力を知って欲しいと。一方で、ヘミングウェイ自身は作家になることを夢見て、修行中であり、自分自身はこういう文体の小説は書かないだろうと思いつつ、ある意味ではダヌンツィオへの対抗心を内に秘めていたのではないか。しかし、まだ作家修行中の身であり、出版されるような一作の短編も小説もなく、はたして作家として生きていけるかどうかも未知な状況にあって、ダヌンツィオを批判するだけの技量も実績もない。ダヌンツィオの本は読み終えたら、保存しておかなくてもいい、誰かにあげてしまってもいい、それだけの本なのだ、と言外にそんな意味を意図していたのではないだろうか。それもまた尊大さと高邁さを内に秘めたような屈折した思いにもみえる。

英訳本から『炎』の一部を日本語に翻訳してみよう。

彼女は九月の薄暮に漂うあの最後の一時間がもつ神聖な美のすべてを、深く、さっと引き寄せるような一瞥を投げかけた。暗闇の中で、瞳に浮かぶ生命溢れる蒼穹《そうきゅう》は、水から滴り落ちる櫂の雫《しずく》から生まれ、サン・マルコとサン・ジョルジオ・マジョーレの教会から遠く離れて輝ける炎の天使たちの廻りをぐるぐると飛び回っているかのようだった。……周囲のあらゆるものが、死なぬために、まさに宇宙を自らに引き寄せんとする男と、自らを清く死なせてくれるものであらば、魂に課せられた苦しみを振り捨てんとする女、そのふたりの内に秘められた生命力を強めんとするがごとく映る。ふたりは疼き、苦しみを増し、ともに座し、あたかも恐ろしき水時計の中を滑り行く水のごとく、ときの飛翔に耳を澄ませる。(「炎のエピファニー」より)

あえて、古風に美文調に訳してみたが、英訳そのものにイタリア語で書かれた文体を投影させた文体が感じられたからである。ダヌンツィオもまたヴェネツィアの運河に惹かれ、その水の美しさと神秘性は天使の空を舞う比喩的な幻想とともに、エレオノーラ・ドゥーゼとの恋の物語となって、ヴェネツィアの変幻はきらびやかに、そして妖艶に、ダヌンツィオによって創出される。

一八九四年に、ダヌンツィオと絶世の美女ドゥーゼは恋人同士であることが公に知られ、イタリアのみならずヨーロッパでも広くスキャンダルとして受けとめられた。加えてダヌンツィオはドゥーゼが主役を演じられるように一八九八年には戯曲『死都』、さらに三年後に『フランチェスカ・ダ・リミニ』を書いた。しかし、ふたりの熱烈な恋は一九一〇年、終焉を迎え、離別する。

一方、ヘミングウェイは『河を渡って木立の中へ』でさらにダヌンツィオについて言葉を紡ぐ。


しかし、あの哀れな老いたる青年が、偉大にして悲しく、一度としてふさわしい愛を受けることがなかった大女優といっしょに住んでいた館の前をいま、まさに通り過ぎようとしていた。すべての人の心をとらえた、あのみごとに美しい手と、美しくはないが、愛、名声、歓喜、悲哀に富んださまざまな表情をもつ顔。前腕の曲げたときの様子は見る者を陶然とさせただろうと彼は思った。なんてことだ、ふたりはいまは亡く、どちらもどこに埋葬されたかも知らない。でも、もちろん、ふたりがあの館で楽しいときを過ごしたことを望む。「ジャクソン、あの小さな左手の館が、ガブリエーレ・ダヌンツィオ、偉大なる作家の家だったのだ」と彼は言った。「イエス、サー」とジャクソンは言った。「その方のことを伺い、うれしく思います。聞いたこともない方ですが」。「もし、読んでみたい気があるなら、書いたものの名前を書き出してやろう」と大佐は言った。「いくつか、いい英訳がある」。「感謝いたします、閣下」ジャクソンは言った。「時間があれば、読んでみたいですね。なかなか実用的そうに見える家に住んでいたんですね。名前は何ていましたっけ」「ダヌンツィオ」と大佐は言った。「作家だ」。ジャクソンをこれ以上、混乱させてもいけなし、難しすぎるだろうと思い、口に出すこともなく、彼は心の中で反芻した。あのころ、何度か席を同じくしたことがあった。作家、詩人、国家的英雄、ファシズムの弁論術と美辞麗句を駆使した人、恐るべきエゴイスト、飛行士、攻撃型快速魚雷艇の初期時代の司令官、あるいは操縦官、連隊はもとより小隊もろくに指揮する術を知らぬ歩兵中佐、われわれが敬愛し、かつ嘲弄する『夜想曲』の愛すべき作者。前方に、いまサンタ・マリア・デル・ジリオのゴンドラが交差する合流点が見え、さらにその先にグリッティ・ホテルの木製の船着き場が見えた。

（第六章）

キャントウェル大佐と運転手のジャクソンが水上タクシーから目にしているのがカシーナ・デッル・ローゼ、ひと際多くの樹木に囲まれ、蔦の絡まる館、ダヌンツィオが一時期、逗留した家である。しかし、大佐が心で反芻していたダヌンツィオとエレオノーラ・ドゥーゼがヴェネツィアでいっしょに過ごした家はこの館ではない。この館でダヌンツィオが過ごしたのは、第一次世界大戦中、飛行機事故で負傷し、片目を失ったときに病気療養のときであり、時期は異なる。しかし、おそらくヘミングウェイはこの史実を承知の上で、ダヌンツィオとドゥーゼがいっしょに過ごした館だ、とキャントウェル大佐に語らせているのだろう。それはこのふたりの熱烈な愛の世界が、キャントウェルとレナータの愛の物語に色濃く影を落としていることを暗示しているからである。詩人にして軍人だったダヌンツィオが住んでいた館がグリッティ・ホテルからほんの数ブロック離れた館にある、という事実だけではなく、そこが恋人との愛の住処であったとするとき、もうひとつの愛の物語は一層、華やかさと哀しみを増すことになる。しかし、この独白めいた想念の中でも、ダヌンツィオに対するアンビバレントな思いは交錯し、憧れの中に侮蔑の思いが潜んでいるのは否めない。キャントウェルにダヌンツィオの墓所を知らないと言わしめているのもどこかに作為があるだろう。ヘミングウェイ自身が知っていたはずだからだ。

ダヌンツィオは一九三八年、自宅で脳卒中により死去し、ムッソリーニによって国葬され、ガルダ湖の近く、ガルトーネ・リヴィエーラの別荘に設けられた霊廟に埋葬されたことは広く周知のことである。またベスカーラにあるダヌンツィオの生家とともにこの別荘は現在、ダヌンツィオ博物館として一般公開されている。

軍人であり革命家であったダヌンツィオにヘミングウェイが惹かれ、一方で強く魅了されていたのは、彼が詩人であり劇作家であり作家でもあったからであろう。一八七九年、十六歳にして詩集

『早春』を出版し、早熟な偉才を世に知らしめ、その後も文芸活動をしながら、新聞にエッセイや評論を寄稿し続けた。ダヌンツィオをさらに有名にしたのは「薔薇小説」三部作の第一巻として一八八九年に出版された『快楽』であろう。それまでのイタリアの近代小説になかったテーマと文体のよってベスト・セラーとなり、イタリア文壇の中心的な存在として認められることとなった。ちなみに日本では「薔薇小説」三部作『快楽』、『罪なき者』、『死の勝利』がいずれも脇功の翻訳によって近年、出版された。

ヨーロッパ特派員としてパリに赴任したヘミングウェイは記者としてローザンヌ会議を取材し、「ムッソリーニ　ヨーロッパ一のこけおどし」(一九二三年一月二十七日付)と題した記事でムッソリーニを戯画的に批判し、一方でダヌンツィオを「最近、イタリアでは神聖にしてかつ誠実でありながら、少々、頭のおかしい」人物と記し、ダヌンツィオを高く評価しながら、批判めいた書き方をしている。一九二三年のこの時期において複雑な思いを抱いていたにせよ、ヘミングウェイがダヌンツィオをイタリアの英雄的な存在であると評価していたことは否めない。

一方、一九二〇年から二一年の間にシカゴに滞在中に書かれた、一種の戯れ歌とも言える「ダヌンツィオ」と題した三行の短詩は、極めて否定的な見方を表している。

五十万人のイタリア人の死
それを見てやつはぞくぞくした

サン・オブ・ザ・ビッチ　　「ダヌンツィオ」

ダヌンツィオの扇動的な演説によって、志願兵となった若者も含めて、第一次世界大戦で命を落としたイタリア人の死をもたらしたその数が五十万人とは思えないが、その誇張した表現の背後にヘミングウェイがダヌンツィオの言動に対して批判的であり、それが一編の短詩を生んだように思われる。この詩の中でイタリア人を侮蔑的に呼ぶ「wop」という呼称が使われているが、この呼び方は特にイタリア系アメリカ移民や色の浅黒い南欧系の移民を総称的に使われる表現である。深刻な出来事を軽妙に冗談めかしていうヘミングウェイ特有の表現方法だ。

一方、キャントウェル大佐がダヌンツィオの出自を不明とし、ユダヤ人ではないかと生い立ちを曖昧にしているが、ヘミングウェイがアナベル・コナベルに与えたと思われる『炎』には略歴が書かれており、当然、ヘミングウェイは彼の出自を知っていたはずだ。ともあれ、それによればダヌンツィオはイタリア中部ペスカーラで裕福な地主であり、市長を務めた父親と母親は公爵の称号をもつ間に一八六四年に生まれ、出生は明らかとなっている。ダヌンツィオをユダヤ人ではないかと猜疑心をもって批判しようとする思いが史実を歪曲した虚像を作り上げるようとするその背景にヴェネツィアという特異な都市の歴史が潜んでいるように思われる。

私がこのたびのヴェネツィア訪問を前に、キャントウェルのダヌンツィオをユダヤ人と見立てようとする作為を大変気にしていたのには訳がある。ひとつにはシェイクスピアの『ヴェニスの商人』がある。シャイロックというユダヤ人の金融業を営む人間に対するキリスト教徒たちの偏見と侮蔑に満ちた言動と、一方にシャイロックの抵抗と反逆に潜む哀れさとの葛藤を生んだヴェネツィアという土地が、どこかで『河を渡って木立の中へ』の中に唐突とも思われる形で「ユダヤ人」説が刷り込まれているように思えて仕方がなかったからだ。

『河を渡って木立の中へ』の中に登場するダヌンツィオに対する主人公キャントウェルの思いが複雑に屈折しており、一時期、イタリアの未来を託する指導者と崇拝し、燃え上がった時期があったのに対して、まったくその反対に醒めた目で批判的かつ否定的に眺めている「現在」がある。愛憎相克に似たこの変化は一体、いつ、どこで逆転したのか、そんな疑問に答えられるかどうか、ダヌンツィオを作者ヘミングウェイの伝記的な側面を重ねながら再考してみよう。

十八歳だったキャントウェルがダヌンツィオの演説をイタリアの前線で聞いたとき、このイタリアの英雄の姿を見、声を聞けただけでもいかに感動したかは想像できよう。一方で「白いヒラメの腹」(第三章参照)とダヌンツィオの顔を比喩的に表現しているように、およそ幾多の戦闘をくぐり抜けてきた勇壮な軍人とは見えない姿見を批判的かつ否定的に見ていることも確かである。十八歳のときに抱いた感動と五十歳になっての回想に大きな隔たりがあるに違いない。かってはムッソリーニの政敵として国政を担う勢いがあったダヌンツィオに対して、キャントウェルはいつ懐疑的になったのだろう。

ダヌンツィオが率いる四千人余の「黒シャツ隊」がヴェネツィアを出発し、一九一九年九月十日、フィウメ市内に乱入した。このニュースを知って、ヘミングウェイが母親にフィウメに行きたいと手紙を書いたのが一九一九年十一月十一日のことであり、「革命」が起きてからわずか二カ月後のことである(第三章参照)。ダヌンツィオに付き従う多数派の無政府主義者が新憲法を発布し、その根幹に「国家の最高原理は音楽である」と宣言した。連日連夜、コンサートが開かれ、花火が打ち上げられ、ダヌンツィオはバルコニーに現れ、その日の即興詩を読み上げた。

キャントウェルならぬ作者ヘミングウェイこそダヌンツィオのフィウメ奪回を快挙とみなし、自らダヌンツィオの率いる軍隊に加わりたいと願ったのである。ちなみに三島由紀夫の最期、市ヶ谷駐屯地でのバルコニーの演説は多分に、このときのバルコニーでのダヌンツィオの振る舞いに似ており、ダヌンツィオに深い思い入れのあった三島の行動はダヌンツィオを模倣したのではないかとも言われている。筒井康隆の『ダンヌンツィオに夢中』にもこのことが詳しく述べられている。ともあれ、一九二一年一月、イタリア海軍の巡洋艦アンドレアドリアがフィウメに艦砲射撃を行い、ダヌンツィオはイタリア軍と闘う意思のないことを表明し、ただちに降伏宣言を行い、降伏した。治世十八カ月の短命政権であった。

ヘミングウェイがトロント・スター社のヨーロッパ特派員としてパリに赴任したのが、一九二一年十二月、すでにフィウメは独立自治都市として新たな体制のもとで再出発をしていた。一方、ダヌンツィオは政界から身を引き、ムッソリーニの政権下で一九二四年、ユーゴスラビアとの直接交渉により、フィウメはイタリアに併合された。

『河を渡って木立の中へ』のキャントウェルに作者の思いが色濃く投影されているとすれば、ダヌンツィオに対する屈折した思いと否定的な批判は、このフィウメ問題を境に変化が見られ、その後、特派員としてヨーロッパの複雑な政情と政治の風土を自ら体験することで、かつて純粋かつ単純に見ていた実情を通して、次第にダヌンツィオ崇拝の思いは薄らぎ、やがてそれは否定に変わったのではないかと思われる。第一次世界大戦後のイタリアの未来に対してヘミングウェイに希望を抱かせたダヌンツィオはムッソリーニに取って代わられ、「ファシスト党」がイタリアを支配することになる。

『河を渡って木立の中へ』におけるダヌンツィオに対する主人公の思いは愛憎相克による葛藤故に複雑で錯綜している。その中にあって、「ダヌンツィオ、ユダヤ人」説は特に不可解な要素を多く秘めている。

第四章　ヴェネツィア断想——現在と過去の交錯　黒檀《ニグロ》の人形をめぐって

グリッティ・ホテルを出た後、キャントウェル大佐とレナータはサン・マルコ広場に向かい、ショーウインドーを覗きながら歩き、ふと宝石店の前で足を止める。この界隈はヴェネツィアの中でも最も人通りが多く、観光客で賑わい、まさに目抜き通りとも言うべき繁華街で、人びとは路の両側に軒を連ねる華やかな店の装いを楽しみ、ときに旅の思い出に何かものを買い求める。レナータは次のように言う。

あの小さなニグロがいいわ、真っ黒な顔をして、小さなルビーをてっぺんに載せた、細かなダイヤモンドで作られているターバンを頭に巻いている、あれ。ピンの代わりに付けてみたいわ。昔はこの町ではみんな着けていたものよ。ご主人さまに忠実ですって顔ね。ずっと前から欲しいと思っていたけれど、あなたが私に贈ってくださるといいわ。（第十章）

傍らで眠り続けるレナータの横でキャントウェルの脳裏にふと想念が流れる。

愛する者よ、静かに眠るがいい。目を醒すころには、この独白も終わっていることだろう。私が話した惨めな戦争の話をこと細かに覚えているかどうか冗談に試してみよう。そして、あの小さなニグロ、それともムーア人か、いい顔立ちをした黒檀を彫刻し、ターバンに宝石を散りばめた人形をいっしょに買いに行こう。それから君はそれをピンで留め、ハリーズ・バーに行って一杯飲もう。

（第三四章）

漆黒のきめ細かな木肌の黒檀から造られたブローチはそのまま黒い肌の人形となり、それをイタリア人のレナータは「ニグロ」と呼び、アメリカ人のキャントウェルは「ニグロ」あるいは「ムーア人」と呼ぶ。イタリア語では negro は「黒色人種」を指し、そこには別に侮蔑的な意味合いはない。アメリカ語では negro は黒人を侮蔑あるいは差別の意味が含まれ、ムーア人と区別している。

キャントウェルはレナータと並んで横たわりながら、自分たちが幸いにもオセロとデスデモーナでもなかったと安堵する。この地がヴェネツィアであり、それがふたりの悲劇を生んだ場所であったからであるが、それが想念としてふと心を過ぎるのは、宝石店で見た黒檀のブローチが潜在的にあったからだろう。レナータがニグロのブローチに目をとめ、それをピンで留めて自分の飾りにしたいと要求した逸話を創作したヘミングウェイは、ヴェネツィアが生んだシェイクスピアの悲劇『オセロ』を意識していただろう。

ヴェネツィアに生まれ育った貴族の娘レナータがキャントウェル流に言い換えれば「ムーア人の人形」を胸に付けるとき、レナータはその所有者となり、また支配者となる。確かにイアーゴー流に言えば「国も同じ、顔の色も同じ、身分も釣り合っている人びと」には見向きもしないでオセロを選んだ(第三幕第三場)デスデモーナと多少、似たところもある。年齢や置かれた境遇について言えば、レナータとキャントウェルの違いもはなはだしい。その違いをキャントウェルは自ら承知し、レナータのもとを離れることになる。そこには嫉妬も狂気もない。ニグロのブローチはレナータの胸にとどまり、キャントウェルは静かに退散する。

ブローチと『オセロ』は微妙に呼応しながら、余韻を残して舞台と記憶から消えていくが、一方、ムーア人の存在はそれほど単純に記憶と歴史から消えてしまうことはない。

タリアメント川の河口近くに鴨猟に格好な領地をもつイタリア貴族のひとりに招待され、狩猟に行くと用意された舟の船頭がひどく不機嫌で、狩猟の妨げになるような行動をとり、またことごとく悪意に満ちた態度を示す。はるばる休暇をとってヴェネツィアまでやって来て、しかも余命幾ばくもないと自らの死期が近いことを知るキャントウェルにとっては、これが人生最後の鴨猟になるだろうという切迫した思いと、鴨猟に適した潟湖に対する大いなる期待がある。結果として散々な不猟に終わり、期待は見事に裏切られることになる。

船着き場に戻ると、運河の脇に立っている横長の低い石造りの家の前の地面には撃ち落とされた鴨が一列に並べられていた。……アルヴェリート男爵は部屋の中央の囲いのない暖炉の前に立っていた。……「私のボートを漕いでくれたあの猟番はどうかしてるのかね。最初から私を憎んでいたようだが……」

「古い戦闘服のせいですよ。連合軍の軍服を見るとあんな風になってしまうのです。少々、身勝手に振る舞い過ぎのところがありますが」

「それで？」

「モロッコ軍がここを通過した際に、細君と娘さんが連中に強姦されたんです」

「どうやら、酒でも飲んだ方がよさそうだな」

（第四十三章）

船頭はアメリカ軍の軍服を身につけたキャントウェル大佐の姿を目にした瞬間から、怒り心頭に達し、その怒りは大佐と別れるまで続いていたのだ。モロッコ軍は連合軍の援軍として第二次世界大戦において勝利に多大な貢献を果たした。敗戦国イタリアにとっては、町を焼き、殺戮と強奪、強姦によって、国土を蹂躙した憎むべきモロッコ軍であり、連合軍だ。一九四四年五月十四日から十五日にかけての「モンテ・カッシーノの闘い」においてドイツ軍を撃破し、それが最終的にローマに連合軍が進軍するきっかけとなった。モロッコ兵はイタリアの広範囲で殺人、強姦、略奪を行い、イタリア側の情報によれば強姦された被害者は七千人を越すとされる。敗戦国イタリアにあって、妻と娘を強姦された船頭にとっては、連合国アメリカの軍服を着た老兵は、連合軍のひとつモロッコ軍人と同罪に映ったのだ。そのモロッコ軍とはまさにオセロと人種を同じくするムーア人のよって組織された軍隊である。

『河を渡って木立の中へ』の最終章から二つ前の四十三章に至り、まさに物語が結末を迎える直前になって、ニグロのブローチと『オセロ』と第二次世界大戦の悲劇はひとつの大きな円環によって結ばれる。現在、ヴェネツィアにはムーア人の存在はほとんど感じられないが、ふとしたときにそれが顕在化する。例えば、グリッティ・ホテルのロビーから運河に面したポーチに通じる出入口にはムーア人と思われる黒人の女性の像が立ち、右手にシャンデリアのトーチを掲げ、周囲を照らしている。少々憂いを帯びた眼差しで前方を見つめ、両方の腕と立てた膝はブロンズの黒く艶やかな肌を露に見せている。どこかイスラムを思わせる衣装を身につけた若い女性の姿が、ホテルの華麗にして豪華な雰囲気に異国情緒を醸し出している。この像もまたヴェネツィアにあって、レナータのブローチと同様、従順なる下僕のひとりとして存在していたのだろうか。

あるいはアカデミア美術館の中の名画のひとつとされるジェンティーレ・ベリーニの「サン・ロレンツォ橋の聖十字架の遺物の軌跡」の右隅に腰を屈めて運河を見ている黒人が描かれている。すべての人が聖十字架を拾い上げた神父に目を向けている中で唯一、この黒人だけが例外だ。彼の視線は神父に向けられてはおらず、眼下の水を見ている。小さく片隅に描かれながら、その存在感は大きい。異端にして疎外されたひとりのよそ者。ヴェネツィアにあって、この上半身が裸の黒人もまた下僕のひとりだったのだろう。

ルカ・コルフェライ著『図説ヴェネツィア』の「歓楽の都市ヴェネツィア」と題された章に添えられた「カナの響宴」は絵の一部を抽出したものであるが、その中にひとりの黒人の少女が盃を捧げ持っている姿が私の目をとらえ、この少女もまたムーア人のひとりのように思えた。ヴェネツィアを代表する画家のひとり、ヴェロネーゼによって画かれた絵だ。イエスが水を葡萄酒に変えたという奇跡を起こした婚礼の儀を画いた絵画として広く知られているが、ナポレオンが北イタリア侵攻の勝利によって接収し、今はパリのルーブル美術館に飾られ、美術館最大の絵画としても周知の絵である。祝宴には十六世紀のヴェネツィアの繁栄した世相が反映されており、一三〇人ほどの人びとの片隅にいる黒人の少女もまたヴェネツィアの一部として存在していたのだろう。

ヴェネツィアのムーア人と言えば、サン・ポーロでもひと際大きなサンタ・マリア・グロリオーザ・デイ・フラーリ教会に付設されている元首ジョヴァンニ・ペーザロ墓廟を支える四人の巨大なムーア人の人像柱《カリアティード》こそムーア人のヴェネツィアにおける隷属的な姿を象徴しているのではないか。黒大理石で造られ、白目を剥き出しに、その表情は苦難と怒りに満ちている。この墓廟はロンゲーナとル・クールとの共作である。ロンゲーナについては八章の「戦争の傷跡　イヴァンチッチ家の別荘」で詳しく説明する。

『河を渡って木立の中へ』のムーア人に戻ろう。

キャントウェルはヴェネツィアを去るにあたり、黒檀に刻まれ、宝石が散りばめられたブローチをレナータにあたかもそれが形見であるかのように与える。キャントウェルは誰に非難されることもなく、また見守られることもなく死を迎える。罪科をヴェネツィア政府に報告される前に、自らの命を断ったオセロでもなく、迫り来るコレラから逃れることなくヴェネツィアに停まり死を迎えるトーマス・マンのアッシュンバハとも異なり、ヴェネツィアを離れてから、路上で、持病を抱えたまま、心臓発作で、痛みもなく。

第五章　ヴェネツィアからヘミングウェイ負傷の地へ

出かける前にいまにも雨が振り出しそうな空模様だった。

サン・ポーロからローマ広場までは予想外の時間がかかり、広場の船着き場に着いたときにはトロンケット島のバス停からのバスの出発時間を五分残すのみとなり、通常運行のヴァポレットでの乗り継ぎは諦め、大急ぎで高速の水上タクシーに乗り換える。料金は六十ユーロだ。わずか十分にも満たない距離にしては高いと思ったが、選択の余地はない。乗り込んでから値段を聞いたのが間違いだったかもしれないと、ちょっぴり後悔の念が脳裏を過る。

一方、『河を渡って木立の中へ』のキャントウェルはヴェネツィアに車で到着し、船着き場で水上タクシーの船頭としっかり値段の交渉をしている。

船着き場で大佐は荷物のふたつを運んでくれた男にチップをやり、顔見知りの船頭がいないかどうかきょろきょろ見渡した。最初にやって来た船頭には見覚えはなかった。しかし男は「わしが一番乗りですよ、大佐さん」と声を掛けた。

「グリッティ・ホテルまでは幾らだね」

「旦那はわしとおんなじくらいご存知のはずですよ、大佐さん。駆け引きはなし。渡しの料金は決まっていますから」

「渡しの料金は幾らだね」

「三五〇〇」

「ヴァポレットで行けば、たったの六十じゃないか」

「誰もとがめ立てしませんよ」船頭がいった。

船頭とキャントウェルの軽妙洒脱な応答が軽快に展開するが、結果として船頭の言いなりになって水上タクシーに乗ることになる。ヴァポレットの通常料金が当時、イタリア・リラで六十リラ、水上タクシーが三五〇〇リラということは、タクシー料金はヴァポレットの約六十倍だ。

われわれは空港で一週間期限の乗り放題に五十ユーロ支払ったが、ローマ広場からバス乗り場への料金はその料金をわずかに十ユーロ越えるだけだし、もしヴァポレットも乗るたびに料金を支払えば一回、十二ユーロだから水上タクシー代はわずか五倍程度だ。我々の乗った水上タクシーが旅行客の足元を見て、ふっかけたのではなかったのだろう。

八時四十五分にバスは出発した。

ヴェネツィアの島のひとつ、トロンケット島は海を挟んだ対岸の町、メストレとは長い橋で結ばれており、道路と鉄道線路が平行して海上にまっすぐに延びている。トロンケット島を離れるや否や、右手の線路を二両編成の列車がバスの横を追い越して行く。五日前には反対にメストレからヴェネツィアに向かうバスの中から正面にヴェネツィアの街を遥か彼方に認め、今度はヴェネツィアを背後に残して、イタリアの大地が北に広がる入り口の街、メストレを海の彼方に認める。無人島と思われる小さな島がポツンと海の中に浮かび、海に向かってこぼれるように樹木の緑が枝を豊かに広げ、圧倒的に樹木が少ないヴェネツィアの風景がいわば特異だったことを思い起こさせる。

眼前に見えるメストレはヘミングウェイの短編にも描かれている町だ。『ワレラノ時代ニ』(パリ版、一九二四年)に登場する。


フォッサルタの塹壕が砲火を受けて滅茶滅茶に叩かれている間、ずっと彼は床にへばりついて汗をかき、祈りを捧げていた。ああ、イエス・キリストさま、どうかここから私を出してください。お願いです、どうか、救い出してください。イエスさま、どうか、どうか、どうかお救いください。もしここから殺されずにお救いくだされば、あなたの命じられることはなんでもいたします。あなたを信じ、世の人びとに伝えます。あなたさまこそ、心にかけてくださる方であることを。どうか、どうか、お願いです、イエスさま。爆撃は前線をさらに先に向かって行った。われわれは前線の片付けに出かけて行き、朝になると日がのぼり、昼間は暑くなり、泥がぬかるみ、陽気になり、静かになった。翌日の夜、メストレに戻ったが、ヴィラ・ロッサでは一緒に二階に行った女の子にはイエスのことはなにも話さなかった。またほかの誰にも決して話すことはなかった。

出版された一九二四年、ヘミングウェイは二十五歳。パリにあって、エズラ・パウンドの強い勧めと推薦もあって、この年、前衛的な文芸誌『トランスアトランティック・レヴュー』のフォード・マドックス・フォードの下で、副編集長として働くこととなった。編集の傍ら短編集『ワレラノ時代ニ』を出版し、『三つの短編と十の詩』に続き、二作目の本を出した。

その中の一編がこのメストレの町の話だ。爆撃の最中には神に敬虔なる祈りを捧げ、救いを求めながら、翌日には売春宿で娼婦を相手に、神のことに触れることもなく、感謝の言葉もない。それだけに冒瀆的で身勝手な態度がより一層露呈しているが、神に祈りを捧げながら、死と対峙した恐怖から解放された後の自分勝手な行為との間の乖離こそ、「神の死んだ」後の精神を如実に描いた作品だと言えよう。いや、もともとすでに神は不在だった。近代兵器による大量殺戮の戦争の前に神はすでに死んでいたのだ。にもかかわらず、青年は殺されることに対して、激しい恐怖に駆られたために、とっさに祈りを捧げた。だからこそ、神を信じていない青年は、恐怖が去った後、自ら神に救いを求めたことを他言することはできない。

メストレという町は「ヴィラ・ロッサ」(赤い家)という名前とともに私の心に深く刻まれていた町だ。オーストリア軍と戦闘を展開する前線が長く延びている背後にあって、戦闘を終え、一時期を、あるいは一夜、わずかな休暇を与えられた兵士たちにとって、かつてメストレは憩いと休息と快楽の町だったのだ。

重くたれ込めていた暗い雲はいつしか小糠雨に変わり、窓を濡らす。車窓から目をこらして、私は「ヴィラ・ロッサ」を探す。ヘミングウェイがこの町に来たのは、一九一八年のことだ。いまからほぼ一世紀前のことだ。そのころ「ヴィラ・ロッサ」は実在した売春宿だが、平和な時代にあってそのような宿はずっと昔に消えていたであろう。カーロス・ベイカーの伝記によれば、ヘミングウェイを含めた志願兵たちは短い休暇を与えられると、メストレに出かけて行ったという。兵士はヴェネツィアには立ち入りが禁止されていた。彼らの何人かは「ヴィラ・ロッサ」に見聞に出かけて行ったが、ヘミングウェイは売春婦のひとりに声をかけられると顔を赤らめてしまったと記している。信仰深い敬虔なプロテスタントの家庭に育ったヘミングウェイにとって、少々、刺激が強すぎたのかもしれない。

世界的な観光都市ヴェネツィアから狭い海峡のような海を隔てた対岸のメストレは、なんの変哲も魅力もない平凡な住宅街に過ぎない。通りに面しているのはこじんまりとした住宅であり、店と言えば、せいぜいガソリン・スタンドが通りの角にある程度で日常の生活を感じることはできない。まして雨の中、歩いている人もいない。かつて兵士たちにとって魅惑の街だったような面影はどこにも見られなかった。ただヴェネツィアと違って、街路樹が緑を添え、雨の中で自然が生き生きとしている。

メストレの町からバスは進路を東にとる。この道はヴェネツィアとトリエステを結ぶ幹線道路であり、『河を渡って木立の中へ』のキャントウェルが逆の方向からヴェネツィアに向かって車を走らせた国道ヴェネツィア・ジョリア線とほぼ平行した道路であるが、それよりさらに内陸部、北側を走る道だ。一方、キャントウェルはサン・ドナ・ピアーヴェの町で、ピアーヴェ川を渡る橋を通過しており、ヴェネツィア近くの海が眺望できる地点で車を停めている。

大佐と運転手は道路のヴェネツィア側に行き、礁湖を見渡した。山から吹き下ろす冷たい強風が水を鞭打ち、すべての建物の輪郭を鋭利に刻み、その輪郭はみな幾何学的な明瞭さを示していた。

（『河を渡って木立の中へ』第四章）

彼らが礁湖の彼方に見たのはヴェネツィアの本島から離れた東の島、トルッチェロ島だからわれわれがメストレから眺めたヴェネツィアとは異なる。しかも彼らがヴェネツィアを見たのは厳寒の真冬の澄み切った青空の日のことだ。真夏の曇天の下で眺める風景とはまったく異なる情景だ。ヴェネツィアを愛する多くの人たちがヴェネツィアを訪ねるなら、冬がいい、というのはきっと冷気の澄み切った風によってヴェネツィアの美しさは増すからなのだろう。
「さ、出かけよう」と言う言葉と共に第四章は終わるが、第五章は次のように始まる。

しかし、彼はまだ眺めていた。十八歳のときに最初に見たとき、ただ美しいということだけしか分からず眺めながら感動したときと同じように、感動させられた。あの冬は極めて寒く、平野の彼方にある山々はすべて真っ白だった。

そしていま、三十二年の歳月を経て、キャントウェルは若き青年時代に、遥か彼方から遠望したヴェネツィアの風景に改めて感動しているのだ。三十二年間のさまざまな体験を経てなお、感動する対象も感動する心も変わることがない。

雨が窓を濡らし、風景は雨滴を通して霞む。しばらくして右手に突然、軍事基地と思われる一画が現れ、迷彩色を施したトラックがその一画を埋め尽くしていた。それも一瞬の光景として消える。何の変哲もない平和の光景に突如として出現した軍事基地。イタリアも日本と同様、第二次世界大戦で連合国と闘い、破れた国だ。果たして、あの基地は米軍基地だったのだろうか。

街並が消え、家もまばらになるといつしか田園風景が広がる。ヴェネツィアを支える構想地帯なのだろう。大豆畑、トウモロコシ畑が見渡す限り広がる。サン・マルコ広場の裏手の路地のレストランで食べたサンドイッチに挟まれた新鮮なレタスやあの完熟した真っ赤なトマトもきっと、温室育ちではなく、この地方の農家の庭で育ち、イタリアの燦々と降り注ぐ太陽を浴びて大きくなったにちがいない。

小一時間もするとバスはふたたび家が建ち並ぶ街並の中に入って行く。雨は止み、ふたたび曇天の空の下に土手が右手に沿って続き、二つの道が交錯する地点でバスは停まる。赤茶けて古びた建物の前に大きな道路標識が立ち、白地に黒くFOSSALTA DI PIAVEと記されている。道路を挟んで左側に黄色の壁に赤茶色した屋根が軒を連ね、その背後にひと際高い教会の尖塔が聳える。右手の土手の上には三色旗のイタリア国旗と濃紺に星の散りばめられたＥＵの旗が翻る。

ヘミングウェイは一九一八年七月八日、ここの塹壕で迫撃砲の直撃を受けたのだ。第一次世界大戦にあって激戦地となり、イタリア軍がオーストリア軍を撃退し、イタリアの大地を守ろうとした最前線なのだ。ヘミングウェイが最初に配属されていたアメリカ赤十字救急隊第四分隊の駐屯地はここより西に約七〇キロ離れたドロミテ丘陵に位置するスキオだった。六月にオーストリア軍による大攻撃が行われたがスキオでは戦闘らしき戦闘もなかった。ヘミングウェイは六月二十二日に念願が叶い、スキオよりも戦闘が頻繁にあったピアーヴェ川の前線沿いにある酒保への配置換えの命を受け、グラッパを経て、ピアーヴェ川の前線にやって来たのだ。

ヘミングウェイはパリの特派員時代にこんな詩を書いている。

我が愛は彼の地を歩む
ロンバルディアのすべての兵舎
は理想郷《アルカディア》にほんのわずか似《に》
我が愛は彼の地にあり

アルシエロ、アジアーゴ
五十を優に越える
国境の名もなき小さな村々
戦争が始まる前の
モンテ・グラッパ、モンテ・コールノ
二十四を越える山岳地帯
泰平の世にあって
多くは元には戻らず

詩には題名は付けられておらず、『アーネスト・ヘミングウェイ　八八の詩』(一九七九年)に収録されたときには、草稿原稿にあった最初の四行は削除された形で編纂されている。編者の判断で削除したのであろうが、ここに謳われているロンバルディアは続くスタンザに言及されているアルシエロ、アジアーゴの村々を含む一帯の地名であり、詩の一部と見るべきであろう。ともあれ、オーストリアとの国境地帯のこの一帯は戦争が始まるまではまさに理想郷のような風光明媚な山岳地帯であったに違いない。かつては美しかったと思われる。破壊された村を行進しながら、ヘミングウェイの部隊は東の前線に向かった。パリにあって、戦後、三年を経て、ヘミングウェイは戦争の悲惨な姿をこのような詩に記したのだ。詩は一音節と二音節の短い言葉によって強弱の軽快なリズムとともに、イタリアの地名が音韻を重ね、美しい響きを奏でる。詩が書かれた時期は一九二二年だとされる。この年、ヘミングウェイは妻のハドリーを伴い、フォッサルタを再訪している。この体験は「退役軍人、かつての戦場を訪れる」と題して『トロント・デイリー・スター』(一九二二年七月二十二日付)に書かれている。

私は覚えている。ぎしぎし音を立てるホテルのベッドに横になり、高い天井の真ん中に電灯がひとつ灯されていた。明かりを消し、雨のけぶる中でアーク灯にぼんやりと照らされている道を窓から眺めていた。この同じ道を、一九一六年、白い砂埃を巻き上げながら大隊が進軍して行ったのだ。それらはアンコーラ旅団、コモ旅団、トスカナ旅団、その他カルソー地方から援軍としてやって来た十旅団であり、立ちはだかるトレンティーノの険しい山を突破し、ヴェネト平原とロンバルディ平原に通じる渓谷を駆け下って来たオーストリア軍の攻撃を阻止せんとするものであった。旅団は当時、精鋭部隊であり、初夏の埃の中を行進し、ガルロ——アシアーゴ——カノベ線の攻撃を撃破し、山間の小さな渓谷やトレンティーノの丘陵にある松林で命を落とした者、荒涼とした岩山に隠れ場所を探し、パスビオの柔らかく溶け掛かった初夏の雪に身を投げ出したりする者もいた……。そこは一九一八年六月、新たな攻撃を阻止するためにピアーヴェ川に駆け参ずべく、例の旅団が埃を巻き上げながら進軍していった道でもあった。先鋭部隊の兵士はゴリツィア付近の戦闘で、岩だらけのカルソー高地、サン・ガブリエーレ山、グラッパ、さらに誰も聞いたこともないような土地で銃弾に倒れていった。

前半に書かれた一九一六年のことは戦後、さまざまな文献を調べて知った史実であり、ヘミングウェイが体験したことではない。続く一九一八年六月のことが実体験として書かれたことである。歴史的事実と実際に自分が体験し検分したことがこうして、時期や場所や出来事を重ね、克明に記されることで、限られた体験は厳然たる史実として迫真性をもち、正確さを増す。新聞報道記事を書きながら、おそらく後に書かれることになるであろう『武器よさらば』の原素材がそこに確かな鉱脈として存在することを、ヘミングウェイはこのときすでに予感していたであろう。

ときは一九一八年、スキオを出て、ピアーヴェ川の前線地帯に配属される直前の六月二十六日、ロンカーデの町でヘミングウェイはアメリカ赤十字救急隊員のゲストとして、ガブリエーレ・ダヌンツィオの演説を聞いた。このときの様子は『河を渡って木立の中へ』の六章でキャントウェル大佐の体験として記されている。

大佐はかつて自分がある攻撃部隊の小隊を指揮し、雨の中に立っていたときのことを思い出した。毎日、雨が降り続き、いつ果て、終わるともしれない長い冬がいつまでも居座っていた年のことだ。あの頃は毎日、閲兵や部隊への訓示があり、ダヌンツィオが片目に眼帯をし、あの生白い顔をして、まるで市場に仕入れたばかりの、死んでから三十時間くらいの、茶色のところが少しもないシタビラメの腹みたいな真っ白な顔をしてどなっていた。「いいか、死ぬことだけでは充分じゃないぞ(Moriere non e basta)」。その頃は中尉だった大佐は思った。「で、奴らは一体、俺たちにこれ以上、なにをやらせたいと言うんだ」。

しかし彼は終わりまで演説を聞いた。ダヌンツィオ中佐、作家、国民的英雄、もし人は英雄をもたなければならないとしたら、彼こそまさに英雄そのものだ。ただ私は英雄なんてものは信じていなかったが、ダヌンツィオ中佐が、諸君、栄誉ある戦死者のために黙祷を捧げようと言ったとき、私は直立不動の姿勢で立っていた。だが、その頃はラウド・スピーカーもなく、この雄弁家の声が彼らの方までは届かなかったせいもあって、小隊の兵士たちは演説をしっかり聞いていなかったので、味方の栄誉ある戦死者に対する黙祷のために、彼が言葉を切った瞬間、一人の兵士があたりに響き渡る強い声で「ダヌンツィオ、万歳」と叫んだ。（第六章）

前線でダヌンツィオの姿を見、演説を耳にしたという希有な体験とその奇遇に対して、ヘミングウェイは大いに感動したに違いない。すでにイタリアの英雄として、また詩人として広く知れ渡っていたダヌンツィオの姿を直接目にし、演説を聞いたのだから。

しかしときは一九四九年。一九一八年からすでに三十余年の歳月が過ぎ、幾多の激戦地を生き抜いてきたキャントウェルにとってはすでにダヌンツィオは色あせ、虚飾と欺瞞に満ちた過去の英雄に過ぎなかったのだろう。

ダヌンツィオの演説を聴く十日ほど前、ヘミングウェイがフォッサルタにやって来る前の様子は、ロゼッラ・マモリ・ゾルジの著書『ヴェネツィアとヴェーネト　ヘミングウェイとともに』に詳しい。この書によると次のようなことが記されている。要約しよう。

六月十五日の午前二時、フォッサルタの町はオーストリア軍の攻撃を受け、翌日正午には町の中央広場はオーストリア軍に占拠された。午後六時にオーストリア軍の撤収が始まり、翌日の夜明けにフォッサルタへの爆撃が再開され、オーストリア軍はピアーヴェ川に沿って南下しムジール・ディ・ピアーヴェ近くに移動した。この町はフォッサルタよりはるかに大きな都市であり、ヴェネツィアとトリエステを結ぶ国道の重要な橋が架かっていた町である。イタリアの前線はさらに後退し、翌日、六月十七日には敵軍は四キロ進軍した。（ゾルジ「旅行記」）

すなわちヘミングウェイがフォッサルタに配置換えされるわずか一週間前にはフォッサルタは一時、オーストリア軍に占拠されていたのだ。オーストリア軍がさらに南に進軍したことにより激戦地は南下したものの、フォッサルタが最前線であることに違いはなかった。

ヘミングウェイがまずフォッサルタの町で目にしたのは爆撃によって至るところで無惨に破壊された生々しい姿だった。しかし、ピアーヴェ川の西側はふたたびイタリア軍よって奪回され、川を挟んだ土手の横に塹壕が掘られていた。ヘミングウェイの任務は塹壕に身を潜めているイタリア兵にチョコレートとタバコを届けることであった。

『河を渡って木立の中へ』の中でキャントウェルもまた「六月十五日」前後のことについて触れている。

フォッサルタは第一次世界大戦の痛手から快復することはなかったのだろうか。爆撃されるより以前の姿を見たことはない、と彼は思った。敵が大攻勢を仕掛ける直前、一八年の六月十五日にはすでにあの町はかなりひどく破壊されていた。後でわれわれがあそこを奪還する前に、さらに徹底して破壊し尽したのだ。

（第三章）

私はバスから降り、その塹壕のあった地点を眼下に見下ろす。土手の上には四角の展望台を兼ねた記念塔が立ち、塔の上の十字架が空に向かって屹立する建物を見上げる。

「平和祈念の洗礼堂、［一八］九九年生まれの青年たち、ピアーヴェ川流域を守った英雄たちを記念して」とイタリア語で記されている。

第一次世界大戦のさなか、一八九九年生まれ、すなわち一九一七年に十八歳に達した若者たちを組織的に徴兵された。一九一七年の一月から四月にかけて八万人、さらに七月に数万人が徴兵され、十一月には前線のカポレットに送られた。ヘミングウェイが『武器よさらば』で詳しく描写した、いわゆる「カポレットの戦い」である。イタリア軍が大敗北を喫した戦いで、この十八歳の若者たちの多くが命を奪われた。「カポレット」は「敗北」を象徴する言葉となった。ドイツ帝国およびオーストリア＝ハンガリー同盟軍が東方から撤退した精鋭部隊をカポレットに援軍として注ぎ込み、一方、イタリア軍は準備不足と指揮官ルイージ・カドルナの非合理的な指揮によって、壊滅的な損害を与えられた。死傷者三万一千人、捕虜二十七万五千人に達した。その結果、イタリア軍はピアーヴェ川にまで後退しなければならなかった。ヘミングウェイが一九一八年六月末にピアーヴェ川の前線で合流したイタリア兵たちにはカポレットの戦いで生き延びた兵士たちがいたに違いない。一八九九年生まれの若き兵士たち。ヘミングウェイと同い年だ。第一次および第二次ピアーヴェ川の戦いにおいてイタリア軍は勝利を収め、以後、ピアーヴェ川から撤退することはなかった。

土手の上に立つと眼下には、ピアーヴェ川が灰緑色をして両岸いっぱいに水を湛えて悠然と流れている。水面は岸辺の樹木と空を映し、波を立てることもなく、あたかも湖面を映す鏡のように静かだ。川幅はせいぜい五〇メートルほどで、予想とは大きく異なり河原もなく意外に狭い。対岸は大きな樹木が壁のように林立し、あたり一帯を緑で覆っている。こちら川の岸辺には川に沿って小径が続き、前方の大きく歪曲したところで緑の樹木に隠れ、その先は見えない。その遥か先に青い山々が峰を連ねている。コルティナ地方の山なのだろう。

川が大きく歪曲しているあたりがまさにヘミングウェイが負傷した塹壕があった地点だ。土手に建てられた記念碑のある建物からはせいぜい一〇〇メートルほど先だ。河岸の小径を歩いて行くとその地点には、すでに塹壕は跡形もなく夏草が鬱蒼と繁り、大地を覆っている。

『ワレラノ時代ニ』の「第七章」に描かれた、塹壕の中で神に祈りを捧げた逸話はフィクションである。一方、ヘミングウェイが実際にオーストリア軍の迫撃砲を受けたのは、まったく突然のことであり、かすかに砲弾の音を聞き、その直後には被弾しており、祈る暇さえなかった。それにしても川を挟んだ敵地は目と鼻の先だ。望遠鏡がなくても塹壕の外の様子は手に取るように見えていただろう。

このときに受けた衝撃はその後、長くヘミングウェイにとっては底知れぬ恐怖感とともに深い心の傷となって苦しめることになる。

ヘミングウェイが前線で負傷後、ミラノの赤十字病院で同室だったヘンリー・ヴィラードの回想をもとに書かれた『ラヴ・アンド・ウォー』(後に映画化)にはこのときの様子を事実として克明に記しており、それはこれまでの伝記やヘミングウェイ自身が語ってきたことと内容を同じくし、かつ詳細だ。簡潔に要約してみよう。

ヘミングウェイは最前線のフォッサルタに配属されてから、数日後にオーストリア軍の夜間攻撃に遇い、炸裂した迫撃砲弾を脚に受けたのだ。迫撃砲を受けた時に意識を失い、そのとき自分は死んだのだと思った。それから息を吹き返し、生き返った。空に砲弾が飛び交い、サーチライトが空を明るく照らし出す。すぐ横にいたイタリア兵は即死した。二人目の兵士は両足を失い、三人目の兵士も重傷を負っていた。「ママ、ミーア」と叫ぶ声が聞こえた。

一方、『武器よさらば』でヘミングウェイはこのときの様子を次のように描写している。

ぼくはチーズの残りを食べ、ワインを一口飲み込んだ。ほかの音に混じって咳をするような音が聞こえ、シュ、シュ、シュ、シュという音がし、それから溶鉱炉の扉がぱっと開いたときのような閃光が光り、大音響が響き渡り、始めは白く、次には赤くなり、激しい旋風に飲み込まれた。息をしようとしたが息ができなく、身体がぐんぐんと身体から引き剥がされ、外へ外へと向かっていき、風の中に飛び出していくのが感じられた。素早く抜け出し、身体ごとすっかり外に抜け出した。ぼくには自分が死んだのが分かり、自分が死んだなどと分かることがまったくの間違いだったことが分かった。それからふわりふわりと漂い、さらに先に行く代わりに自分が元の身体に戻ってきたのを感じた。息を吹き返し、元に戻った。……それから「ママ・ミーア、ああ、ママ・ミーア」と誰かが近くで叫んでいるのが聞こえた。

（第九章）

『武器よさらば』ではさらに詳しく塹壕に迫撃砲弾が直撃したときの様子を描いているが、主人公はその後、塹壕から救出され、駐屯所まで運ばれたとされている。ヘミングウェイの実体験はこれとは異なり、ずっと強烈だ。塹壕で迫撃砲を受けたとき、幽体離脱の体験をし、死んだ自分をもうひとりの自分が上から眺めており、やがてそれが元の肉体に戻り、意識を吹き返したということだ。ロゼッラ・ゾルジによれば、迫撃砲に直撃された後、直接、救護所に運び込まれたのではなく、ヘミングウェイは即死した兵士を残し、まだ息のある重傷の兵士を担ぎ、塹壕から抜けだし、そこを敵兵に機関銃で狙撃され、膝に被弾したのだ。それでもさらに兵士を担ぎ、百メートルほど進んだところで意識を失った。その地点で援軍の兵士によってフォッサルタ墓地の近くの小学校の校舎に運び込まれたのだ。そこにいた従軍神父はヘミングウェイを受洗した。神父は重傷を負ったヘミングウェイを見て、余命幾ばくもないと思ったのだろう。死を前に、洗礼をし、神の国に行けるように計らった。この小学校は二〇一一年に取り壊され、その後に「ヘミングウェイ博物館」として新たに建造され、開館された。校舎は当時、緊急医療処置に使用され、ヘミングウェイはモルヒネを注射され、砲弾の大きな破片、二十八個の摘出手術を受け、残りの小さな破片は身体に残されたまま、そこからミラノのアメリカ赤十字病院への移送となる。(ゾルジ「旅行記」)

どうやら事実は小説よりもずっと複雑で、前線基地から野戦病院を経てミラノの病院に至るまでには、さまざまな処置が施され、転送が繰り返されたようだ。『ワレラノ時代ニ』の「第六章」はフォッサルタで重傷を負ったときの体験をもとに、虚構を織り交ぜて書かれたものであろう。

ニックは教会の壁に寄りかかって座っていた。通りに飛び交う機関銃の砲火を浴びないように運びこまれたのだ。両脚をぶざまに投げ出していた。背中を撃たれていたのだ。顔は汗にまみれ、泥だらけだった。陽が顔にあたりきらきら光っていた。とても暑い日だった。リナルディは装具を投げ出し、大きな背中を見せ、うつむいたまま壁にもたれかかっていた。ニックはまっすぐに前を見据えていた。向かいにある家は屋根のところからピンク色の壁が崩れ落ち、鉄製のベッドがねじ曲がって通りに突き出していた。家の陰になった瓦礫の中にはオーストリア兵の屍体が二つ横たわっていた。戦闘はすでに市街地に移っていた。事態は好転していた。もうすぐ担架兵がやって来るだろう。ニックは注意深く顔をリナルディの方に向けた。「いいか、リナルディ、聞け。君もぼくも単独講和をしたんだ」。リナルディは陽を浴びたまま、じっと苦しそうに息をしていた。ニックは汗にまみれた顔に笑みを浮かべて、顔をそむけた。話しかける相手としては頼りなかった。

ヘミングウェイ自身は負傷し、小学校の校舎に運び込まれた。一方、ニックは道路脇の教会の壁に寄りかかり、救助されるのを待っている。この逸話を生んだ思われる原体験の場所がどこであるかを特定することは難しい。教会の壁は逆説的なメタファとして、神による救済のない状況がアイロニカルに描かれているのだろう。ニックは祈ることもなく、自ら単独講和を宣言し、戦線離脱の意思をリナルディに伝える。リナルディは『武器よさらば』にも登場する従軍医師だ。「単独講和」もまた、戦争との決別を果たすフレデリック・ヘンリーの宣誓の言葉となる。この超短編もまた、

『武器よさらば』を生む原石の一つとなった。ヘミングウェイは原稿を出版社に入稿した後も、『武器よさらば』の結末を逡巡していた。キャサリンの死んだ後、雨の中を歩いていくフレデリックの逸話の後に、エピローグを付け、そこにふたたびリナルディを登場させ、後日談を話させるかどうか迷い、編集者のマックスウェル・パーキンズに相談している。

また『武器よさらば』に描かれている幽体離脱の話は友人に語った話としてフォト・ジャーナル『ライフ』誌(一九四九年一月)に掲載されたマルカム・カウリーの「ミスター・パパ」にも詳しい。魂が身体を抜け出して行く様子を「ポケットから絹のハンカチをするすると引き抜くような感じだった。魂は飛び回り、戻って来ると、また肉体の中に入り込み、私はどうやら生き返ったのだ」と記されている。また短編「身を横たえて」の冒頭には次のように描かれている。

眠りたくなかった。それは闇の中でほっとした瞬間、魂が身体から抜け出して行くのをずっと前から知っていたからだ。夜、砲弾に吹き飛ばされて以来、魂が身体から出て行き、それから帰って来るのをずっと感じていた。長い間、そのことを考えまいとしてきたが、夜毎にふと眠りにつく瞬間にその現象が起きるようになっていた。よほどの努力をしないとそれは押さえられるようなものではなかった。いまでは魂が抜け出してしまうなんてことはないのだとはっきり言えるけれど、あの夏はそんなことを試してみようなど思わなかった。

ヘミングウェイは砲弾を受けたときに明らかに幽体離脱の体験をした。以来、不眠症に罹り、夜は明かりを付けていなければ眠れない日々が続いたし、闇をひどく恐れるようになっていた。死後に出版された短編集『ニック・アダムズ物語』の冒頭におかれた「三発の銃声」は幼いニックが闇を恐れ、不眠症に苦しめられている話だ。ヘミングウェイが戦場で重傷を負うよりもずっと以前の出来事が描かれているが、この戦争体験がこんな形で投影されているのかもしれない。

一九二一年、シカゴの友人宅に寄宿していたときに書かれた詩のひとつにも、この戦争体験が記されている。

欲望と
甘き脈打つすべての疼き
と甘美な傷
それがあなただ
それらは皆、陰鬱な闇の中に去り行く。
今は夜となり、あなたは笑みもなく
我が傍らに寄り添い
気だるく、冷ややかで厳粛な銃剣は
熱く膨れ上がり動悸する我が魂の上に。

「戦死　ピアーヴェ――七月八日――一九一八年」

ピアーヴェ川のほとりで負った瀕死の重傷とそのときの衝撃を、戦後、二年を経てヘミングウェイは短詩によって表現しようとした。短篇小説を書き出す前のヘミングウェイにとって韻を踏むこともない自由詩で自らの体験を表現することを試みた。短詩が当時のヘミングウェイにとっては最も適した表現形態だった。恐怖や衝撃はときとして、比喩によって表現を可能にし、表現することが自らの傷を治癒する療法でもあったのだろう。

ヘミングウェイが負傷したと思われる地点を探しながら、川に沿って土手の下の小径を進んでいくと、後ろから声をかけられた。テル・アヴィヴ大学のミリアム・マンデルだ。

「さっき、聞いた話なんだけど、あの大きく川が曲がっている地点が迫撃砲を受けたところで、土手の左に例の黄色い家があったそうよ。でも二年前に取り壊されてしまった」と説明を受けた。

「黄色の家」とは短編「誰も知らない」に描かれている家だ。

目を閉じると、髭面の男が落ち着き払った様子で引き金を引く前に、ライフル銃の照準の上からぼくをじっと見つめていた。白い閃光がひらめき、膝を棍棒でひっぱたかれたような衝撃が走り、熱く甘いものが喉を締め付け、それが通り過ぎるまで岩の上に吐きそうになった。細長い黄色い家とその脇の低い馬小屋が見え、川はいつもよりずっと広く静かだった。

ヘミングウェイが迫撃砲を受け、傷を負いながらも走って救護所に向かっているときに膝に受けた銃撃の瞬間を描いたものである。果たしてヘミングウェイが敵兵の顔やライフル銃を実際に目にしたかどうかは不明だ。おそらく背後から狙撃されたのだろうから、この描写はヘミングウェイの想像によるものだろう。死神に憑かれた恐怖心は、幻視の中に自分を凝視する眼差しを見る。「黄色い家」は死を宣告された者に、死の象徴として残影を心に刻んだ。その「黄色い家」の農家はごく最近まで実在していたという。激しい銃撃の後のわずかな時間は、その激しさゆえにことさら静謐な時空となって感じられるのだろう。川がいつもより大きく見えたのは倒れた位置と目線によるものだけではなく、主観的な感じ方によるものだろうし、静けさも同じだ。

ピアーヴェ川の土手に立ち、遠くに教会の尖塔を目にした私は、「第六章」の地理的な特定化に思いを馳せながらも、ニックが「教会の壁」に身を預けながら、「単独講和」を宣言したことに、もっと深淵な意味があるように思えた。講和は本来、国家間によって締結されるべきものであり、個人がかってに結ぶことは許されない。それは個人が誰の許可を受けることなく、戦線から離脱し、逃亡を意味するからだ。「単独講和」はフォッサルタのこの場所で結ばれたのだが、それは後の長編小説『武器よさらば』の中でさらに明確に主人公によって宣言されることになる。ヘミングウェイはこの極めて短い断章とも言える短編「第六章」を書いたときに、長編小説で本格的に第一次世界大戦におけるイタリア戦線を描き、そこに「単独講和」を宣言させることを考えていたのだろう。戦線離脱と逃亡という行動の背後に反戦的な意思を表明することをすでに考えていたのだろう。

ヘミングウェイは戦後、二度、このフォッサルタを訪れている。最初の訪問は先に記したように一九二二年七月のことであり、『トロント・デイリー・スター』紙には、フォッサルタは「破壊され、町の痛ましく悲劇的な威厳は失われていた。その後には新しい、小ぎれいな漆喰塗りの家々が醜悪な固まりとなって建っていた」と記している。

それから二十六年の歳月を経て一九四八年、ヘミングウェイは四番目の妻メアリーを伴い、フォッサルタを訪れている。かつて土手に沿って築かれていた土塁はすでに草に覆われ、土手との境もさだかではなく堤防の一部と化していた。堤防の背後の低地には「黄色の家」が立っており、砲弾の痕跡を留めていると思われる窪みを見つける。そこで棒切れで土地に穴を開け、千リラの紙幣を一枚埋めた。この儀式めいた行為は『河を渡って木立の中へ』の中では次のように脚色されている。

数週間前、フォッサルタを通過したとき、川に沿って窪地となった一帯を通りながら自分が負傷した場所を見つけた。見つけるのは簡単だった。負傷したのは川が湾曲しているところだからだ。重機関銃の設置されていたところで、クレーター状になって穴の空いていた所には草が滑らかに広がっていた。草は羊か山羊にきれいに食べられ、まるでゴルフコースに造られた凹地のように見えた。川は悠然と流れ、水は泥土で濁った蒼色に染まり、岸辺には葦が生い茂っていた。大佐は周囲に誰も見えなかったので、しゃがみ込み、戦時下にあって昼間だったら決して顔を覗かせることができない岸辺から川を見渡しながら、三十年前に自分が重傷を負った地点を三角測定によって、ここだと定め、そこに脱糞した。

「なさけない努力だな」と川に向かって、声に出して言った。川岸の土手は降りしきる秋雨に濡れ、静かだった。「でも、これが自分の務めなんだ」。立ち上がり、あたりを見渡した。見渡す限り、ひとっ子ひとりいなかった。フォッサルタで最近建てられた、最も悲しげな家の前の窪んだ道路に車は停めておいた。

「さて、記念碑を完成させよう」と彼は特に誰かに向かって言うのではなく、ただ死者たちに向かって語りかけた。ドイツの密猟者が持ち歩くような古いゾーリンゲンのナイフをポケットから取り出した。ナイフは開くところがネジで留められており、ネジを廻し、濡れた大地に、きれいに小さな穴を掘った。ナイフを右の軍靴で拭き、穴に茶色の一万リラ札を押し込み、その上を踏み固めて、抜き取っておいた草を被せた。

（第三章）

脚色されたのは千リラ札が一万リラ札となり、儀式として「脱糞」の儀が執り行われたことだ。砲弾によって流された血に加えて、大地に新たに自らの身体の一部として糞便が「奉納」されたのだ。儀式とは言え、どこか稚戯めいた感もあるが、本人は本気だ。若き日、遥か彼方のアメリカで志願し、イタリア戦線に送られ、自ら前線に行くことを願い出た。その結果、重傷を負いながらも、一命を取り止め、五十歳を迎えようとして、その地を再び訪れ、大地とそこに眠れる死者たちに祈りを捧げる。それはヘミングウェイ自身に対する祈りでもあり、第一次世界大戦のときに受けた衝撃とその後、若い日の体験とともに長く続いていた心的外傷、トラウマとの新たな決別の儀でもあった。

一旦は止んだ雨がふたたび降り出し、静かに流れるピアーヴェ川の川面が雨粒で泡立つ。土手に沿った道路も土手の手前から大きく歪曲し、街中の教会に通じる道にも人っ子ひとりいない。ふたつの大戦に巻き込まれたイタリアの小さな町の、雨の中の平和で静かな情景。十一時を告げる教会の鐘の音が聞こえ、急かされながらバスに乗り込んだ。

第六章　雨に濡れた少女　アドリアーナ

フォッサルタを後にして、バスは南に下り、ナンユキ・フランケッティ男爵の所有していた別荘に向かう。どこまでも平坦な穀倉地帯は雨の中で豊かな緑の田園として広がり、道路に沿ってときどき並木が両側に続く。ときにはポプラ並木であったり、プラタナスであったり、また名も知らない背の高い木であったりするが、いずれも大樹とは呼べない若い樹木だ。おそらく第二次大戦後に植えられたのだろう。行き交う車もなく、直線的に畑を両側に分断し、どこまでもまっすぐに延びている。バスはやがて細い一本道にはいる。バス一台がようやく通れる広さの道は運河に沿ってそろそろと進み、運河の途切れるところで一軒の家の前で停まる。フランケッティ男爵の別荘だ。

カーロス・ベーカーの伝記によれば、別荘の前には十九歳の誕生日を間近に控えたアドリアーナ・イヴァンチッチは雨に濡れながら立っていた、とされている。一方、このたびの国際学会で出会ったドイツのヨブスト・クニゲによれば、この鴨猟に向かう際に、ヘミングウェイの車にアドリアーナが便乗し、フランケッティ男爵の別荘に一緒に行ったときが初めての出会いだったと記している。ベーカーとは別の説だ。車は序章で述べたヘミングウェイの愛車、大きなビュイックだ。

ともあれ、一九四八年十二月初旬、鴨猟が行われたのは寒さ厳しい冬の日のことだ。男爵が所有する領地ではこの日、狩猟に加わっていたのはアドリアーナを除いてすべて男たちだった。初めてのハンティングだったことに加えて、雨の中を日暮れまでの長時間、男たちに付き合い、自分の撃った弾薬の薬莢が額に当たり、狩猟はこりごりだとアドリアーナは感じていた。別荘に戻ると右手の大きなリビングルームの暖炉で人びとは暖をとった。一方、『河を渡って木立の中へ』に描かれているレナータは猟に行くこともなかったし、この暖炉の前に現れることもない。事実は虚構によって隠蔽され、虚構によって異なる状況が生まれる。

暖炉と言えば通常、部屋の壁面に設置されているという先入観があるが、フランケッティ男爵の別荘の暖炉は部屋の中央にあった。直径、二メートルほどの丸い形をした暖炉は真ん中から煙が出るように穴が開き、窪んでいる。背丈は一メートルに満たず低いが暖炉を覆う円形の上部と壁面全体が暖められるのであろう。いわば巨大なかまどのような暖炉だ。ただ、上部を覆う薄褐色の大理石といい壁面の赤いレンガといい、なんとも上品でいかにもデザインを競うイタリアの美意識を凝縮させているような美しさだ。半円形をした壁に沿って木椅子が革製の背もたれとともに暖炉を囲み、さらに可動できる大きな椅子が五脚。暖炉を囲んで十二、三人がゆったりと寛ぐことができるほどの広さだ。暖炉の煙を吸い込む煙突の役割をしている大きな円形の覆いは棚の役割もしており、そこにはヴェネツィアを象徴する双翼のライオン像や木製の鳥やらマグカップなどが飾られている。この情景を目の当たりにし、その臨場感に圧倒され、時間は溯行し、一九四八年十二月に飛ぶ。

ヘミングウェイやフランケッティ男爵たちは猟を終えて、これらの優美な調度品に囲まれ、この暖炉の回りに思い思いに床に座り、その日の収穫についてときには自慢話や失敗談を交わしながら、ワインを楽しんだのだろう。その場では唯一の女性だったアドリアーナは濡れた髪を手で梳かしていた。ヘミングウェイはその様子にいち早く気づき、自分の櫛を半分に折って、片方をアドリアーナに差し出した。「お嬢さん、これをお使いください」。何とも粋な計らいではないか。ちょっと気障とも受けとめられるかもしれないが、アドリアーナは素直に感謝しながら受け取った。

ヘミングウェイがアドリアーナに深く心を動かされたのはいつ、何によるものだったのかは不明だ。しかし、『河を渡って木立の中へ』に描かれた少女、レナータは誰もが認めるようにアドリアーナをモデルにしており、そこから推察するに、ヘミングウェイが最も心を動かされたのは濡れたアドリアーナの黒髪を見たことだったのではないかと思われる。もしそうならば、それは雨に濡れた黒髪の美しさに魅了された瞬間だったのかもしれない。だからこそ、少女がひとり、濡れた髪を暖炉の前に座り、手で梳かそうとしていた姿に目をとめ、とっさに櫛を差し出したのではないか。それだけではない。『河を渡って木立の中へ』ではレナータはヴィーナスに喩えられ、海から生まれた少女として描かれてもいる。レナータも髪をまた水を滴らせた美貌の少女だ。レナータの髪の美しさは何度も強調され、描写されている。グリッティ・パレス・ホテルの部屋にキャントウェルを初めて訪ねて来たときの様子は次のように描かれている。

そのときレナータが部屋に入って来た。若さと颯爽と歩く美しさと、乱暴に吹き付ける風に乱された髪のしどけなさは輝くばかりだった。青白くオリーブ色をした肌、その横顔は見る者の心をかき乱し、生き生きとした肌理《きめ》の黒髪が肩にかかっていた。（第九章）

フランケッティ男爵の別荘に戻ろう。ヘミングウェイとアドリアーナがこの暖炉の前で過ごしてから、すでに六六年の歳月が過ぎ去り、ふたりは今は亡い。リビングルームの壁には幾つもの大小さまざまな猟銃が飾られ、豹の毛皮や角のある鹿などが飾られている。男爵がかつてエチオピアで猟をしたときに捕獲したものだという。壁の近くには丸テーブルと四つの椅子が置かれ、天井からは幾つものガラスの羽根を広げたようなシャンデリアが金色の光を放つ。玄関の左側にはさらに幾つもの部屋が続き、磨かれた飾りダンスがそれぞれの部屋に置かれている。イタリアの貴族というのはこれほどに贅をこらし、優雅に生活を謳歌していたのか、とただただ感服するのみだ。

建物から庭に出ると家の前と背後に運河がふたつ平行して流れている。裏手の運河は南の端で土手と水門に遮られ、その先は見えない。前庭は運河に沿って芝生が広がり、その先に地面に置かれた三角帽のような形をした藁葺きの建物が立っている。建物に入って驚いたことに、それはボート置き場であり、二艘のボートが停留し、その手前の板敷きの間には梁と壁の両方に無数のデコイ、木製の囮が吊るされているではないか。その数は二百を優に越える。いや三百かもしれない。一瞬、デコイには見えず、実際の鴨が吊るされているのかと思ったほど、精巧な作りだ。

なるほど、『河を渡って木立の中へ』の冒頭に描かれているデコイはこんな感じだったのだ。これなら本物の囮の鴨に混じって水辺一杯に解き放たれれば、空を飛来する鴨たちは仲間を求めてやって来るに違いない。その数の多さと精巧な作りに感嘆していた私はさらに驚くべき事実を知ることとなった。

ヴェネツィアに来るまでは『河を渡って木立の中へ』の鴨猟はトルッチェロ島が舞台だと確信していた。その最大の理由はヴェネツィア滞在中に、ヘミングウェイが鴨猟に向かいボートに乗っている写真はこれまであたかも定番のように同じ情景を写したものであり、その写真はトルッチェロ島で撮られたものだったからだ。ボートに座り、銃を構え、後ろで船頭が竿でボートを操っている写真だ。

私たちはヴェネツィアに到着した翌日、まずはトルッチェロ島に行き、描かれていた運河を雰囲気から探し当てようとしていた。すでに二回、この島を訪れたことがあり、大方、目安はついていた。七世紀に建てられたサンタ・マリア・エ・アッスン大聖堂の背後には運河があり、岸には葦が生い茂り、運河は潟湖に流れ込んでいる。冬の凍てつく寒さできっとこの運河にも氷が張り、氷を割りながらボートを漕いで進めていかなければならなかっただろう、と『河を渡って木立の中へ』の冒頭の場面と以前、重ねながら眺めたことがあった。そんな自説を同行した人たちに向かって話したら、高野泰志から思わぬ意見が出された。

高野は『河を渡って木立の中へ』のひとつの場面に注視していたのだ。それはキャントウェル大佐がトリエステの基地で、医者から外出許可を得るために面談している場面だ。


「もう行ってもいいかな」と大佐は聞いた。

「どうぞ」と軍医が言った。「調子はよさそうです」

「ありがとう。どうです、タリアメント川の河口にある沼地で鴨猟は。すばらしい猟ですよ。コルティナで出会った素敵なイタリアの若い人が所有している領地です」

（第二章）


この会話からして、鴨猟はトルッチェロ島ではなく、実際にこの「タリアメント川の河口」で鴨猟が行われたのではないかというのが高野の意見である。同意したものの、少々、腑に落ちない疑念が残った。大きな川が注ぎ込む河口では海の水温が上がり、『河を渡って木立の中へ』に描写されているような氷が張るようなことはないのではないかと思われた点だ。

翌日、国際ヘミングウェイ学会・ヴェネツィア大会が始まり、今年から新会長となったH・R・ストーンバックが「ヘミングウェイとヴェネツィア　トルッチェロからの眺め」と題した講演を行った。講演では『河を渡って木立の中へ』について触れることはなく、講演の後、個人的に鴨猟の舞台に関する意見を聞いてみた。「トルッチェロとも言えるし、タリアメント河口とも言える。

この河口も実際行ってみたことがあるが、沼地もあり、可能性はある」というのが返事だった。充分納得のいく説明ではなかったが、断定できえない曖昧さがあることを承服した。

そんな経緯が心の中で靄々していたのだが、この男爵の別荘を訪れることによって疑問は解明された。

先の引用文にあるキャントウェルを招待してくれた「イタリアの若い人」とはフランケッティ男爵がモデルであり、「タリアメント川の河口」とはこの男爵の領地のことだったのだ。正確には領地は河口から西に五〇キロ近く離れたところにあり、別荘の横を流れる運河からそのまま潟湖にボートで出られるようになっていた。

これまでの伝記ではヘミングウェイとアドリアーナとの運命的な邂逅の場として男爵の別荘に付いて詳しい説明があったが、実は『河を渡って木立の中へ』の鴨猟も同じくこの別荘を舞台にし、別荘の脇を流れる運河が猟場だったのだ。何ということだ。おそらくヘミングウェイは鴨猟の明確な場所を特定化されないように、曖昧な表現でぼかしていたのだろう。しかし、場所の実在性を完全に隠蔽することはせずに、主人公を通して軍医に鴨猟に同行することをうながし、場所をある程度、読者に知らしめていたのだ。本気で軍医を誘っているとは思えないし、軍医も任務を放置して基地を離れることはありえなかった。

謎は解けた。

別荘に隣接するボート小屋に吊るされていた囮の木製デコイが半端でない数で釣り下がっていた

が、確かに空を飛ぶ鴨たちが海の上を漂うデコイを認知するには、かなりの数がなければならないだろう。海水を取り込む水門のある運河と平行して、別の運河があり、その運河はそのまま海とつながっており、土手に登ってみると、さらにその先に別のボート小屋があり、そこからも猟に出かけることができる。その先は葦の茂みに見え隠れしながら沼池のような湿原と海が広がっている。別荘は海辺にあった。ヴェネツィアに邸宅をもつ男爵にとって、この別荘はあくまで狩猟向けの別荘だったのだ。だから、内部に飾られていた置物や写真の大半が、狩猟にかかわるものであり、思い出の品々だったのだ。

雨で髪を濡らしたアドリアーナ・イヴァンチッチ。

収穫された鴨が建物の前庭に一列に並べられていた。いや、場所は同じでも場面は微妙に異なる。しかし、驚くべきことはこのふたつの出来事、アドリアーナとの出会いと鴨猟が同じ場所で起こったことだということだ。

事実と虚構の交錯。バスは次なる目的地に向かう。十七世紀から代々、引き継がれてきたアドリアーナ・イヴァンチッチの一族が所有する別荘だ。

第七章　イヴァンチッチ家の別荘

鴨猟の後、男爵の所有する運河沿いの別荘に戻ったキャントウェル大佐は週末のヴェネツィアへの小旅行を終えて、トリエステ基地に戻ることとなる。猟に招いた客人たちの送迎に自分の車を提供してしまったアルヴァリート男爵は「ラティザーナかその先まで乗せていってもらえますか。そこからなら乗り物の便がありますから」と大佐に依頼する。ラティザーナは国道ヴェネツア・ジョリア線沿いにあって、タリアメント川に架かるサン・ミケーレ・タリアメント橋によってタリアメントと結ばれた町であり、トリエステに向かう途中にある。大佐は男爵を途中で降ろすことなく、家まで送り届ける。男爵の邸宅は次のように記されている。

男爵を大きな門と小砂利を敷いた車廻しのある邸宅に送って行った。周囲六マイルに、軍事施設がなく、幸運にも爆撃を逃れていた。　（第四十四章）

『河を渡って木立の中へ』に描かれた背景を実際の地理と事実に照らして確認しよう。

アルヴァリート男爵のモデル、実在のフランケッティ男爵の鴨猟のための別荘からラティザーナにある邸宅に行くにはタリアメント川に架かる橋を渡らなければならない。イヴァンチッチ家の別荘はこの橋の西側の町、まさにサン・ミケーレ・アル・タリアメントにあった。男爵の海辺の別荘とは異なり、イヴァンチッチ家の別荘はまさに川のたもとにあった。

われわれヘミングウェイ学会の一行はフランケッティ男爵がかつて保有していた別荘を後にして、イヴァンチッチ家の別荘に向かった。バスは別荘の入り口に停まる。四メートルは優に超える背の高い生け垣とさらにその内側に白茶けた煉瓦の塀が周囲を巡らせ、入り口に近い道路には青い枠で縁取られた白い標識が立ち、via Carlo Ivancich と記されていた。アドリアーナの父親の名前がそのまま家の前の通りの名称「カルロ・イヴァンチッチ通り」と命名されているのだ。

道から直角に屋敷に続く小径がまっすぐに延び、小砂利が敷かれている。左手に四階立ての石造りの大きな建物が立つ。この建物は後で案内されて分かったのだが、ワインの貯蔵施設だ。さらに進むと腰の高さほどの生け垣の向こうに白亜の建物が木立の間に見え隠れする。

『河を渡って木立の中へ』のヒロイン、レナータは言う。「ヴェネツィアは樹木が少ないから、いつでも長くは逗留できない、と母は言ってます」(第二十六章)

大理石の都市、ヴェネツィアから来ると、眼前に緑豊かな庭園はまさに緑の楽園とも呼ぶべき美しさで、心を洗われる思いがする。なるほど、これがアドリアーナならぬレナータが話していた、母親がヴェネツィアを逃れ、緑陰を求めてやってきた「田舎」なのか。

生け垣が途切れ、庭園の入り口の両側には高い大理石の門柱が二本立ち、その上にそれぞれ女神の石像が空に向かって立つ。生け垣に沿った小径の先に、なんと両側に外壁だけを残した宮殿の趣のある壮大な建物が立っている。いや、宮殿の残骸というべきか。アテネのパルテノンをも想起させる外壁の造りはまさに優美そのものだ。これほど雄大で美しい建造物がいまは廃墟となって壁だけを残して、手入れの行き届いた庭園に立っていることが奇跡のようだ。

しかし、それは奇跡でもなんでもなかった。戦争によって引き起こされた悲劇の刻印が刻まれ、その姿を今にとどめているのだ。アドリアーナの妹フランチェスカの娘、オシーナが案内人を務め、説明をしてくれた。「連合軍は戦争末期、この町に対して四日間にわたり、空爆を繰り返したのです。ここには何の軍事施設もありませんでした。町の北側にはタリアメント川に架かる橋が架かっていましたが、この橋には一発の爆弾も落とされていないのです。爆撃はただこの町を焦土と化し、町の人びとを殺戮するために行われたのです」。

この宮殿のような建物は十七世紀に建てられ、四百年近い歳月を刻み、長くその美しい姿をとどめていたが、第二次世界大戦によって破壊され、はかなくも消滅したのだ。アーチ型をした石柱はそれぞれ両側の外壁を支え、アーチの上には四角の窓が付いている。外壁と外壁の間は五メートルほどの回廊となっており、それが正面から見ると、左右、両方に立っている。この建物の残痕は、少なくとも外壁を残して形をとどめているのだが、実は本丸とも言える建物本体は形をまったく留めることなく徹底して破壊され尽くされたという。

庭園の案内は続く。庭園の生け垣は五〇センチほどの高さで平坦にきれいに借りそろえられ、その中にぽつんと壷をかかえショールで目だけを出して顔を隠した少女の石像が立っている。時代は不明だが、きっと建物が建立された同じころに造られ、庭にずっと立っていたのだろう。蔦がショールを這い上り、頭の上まで延びており、蔦そのものがショールの一部となって少女の美しさを引き立たせている。

南側の回廊を案内された後、北側の回廊を案内された。朽ちた回廊には柵が施され、中に入ることはできない。回廊の奥から犬の大きな吠える声が聞こえる。中を覗いて見ると大きな黒い犬が鎖に繋がれ、身を乗り出すように怒っている。イヴァンチッチ家の飼い犬なのだ。徹底して破壊された大邸宅のほんの一部、東の端だけが爆撃から逃れ、建物として残ったのだ。戦後、アドリアーナの兄、ジアンフランコが住み、現在はオシーナが使っているということで、ポーチに面した一階の部屋を見せてもらった。フランス窓のような敷居から天井近くまで大きく広い戸口が開かれ、リビングルームが日常生活の雰囲気を醸し出し、調度品と飾りダンス、それに大きなカウチや椅子とともに、所狭しと並んでいる。カウチには豹の毛皮が掛けられており、それはかつてヘミングウェイがアドリアーナに贈り物として送り届けたものだという。本来の建物全体からすれば何十分の一にも満たない小さな空間とは言え、アドリアーナがかつて、ヴェネツイアの邸宅から余暇を楽しむために訪れた館の雰囲気を思い浮かべ、その優美な佇まいとともに幸せな時間に思いを馳せる。

ふたたび門柱のある入り口まで引き返すと、先に庭園の側の方にだけ目を奪われていたため、門柱の反対の方の風景に気づかずにいたが、庭園の小径は大きなポプラの並木を両側に従え、まっすぐに二、三百メートルほど延びている。

ワインの貯蔵施設の建物で、イヴァンチッチ家の葡萄畑で収穫され造られたワインを供され、チーズとハムとソーセージがイタリアの風味を添えるという、粋な計らいによって、暗鬱な戦争の惨禍をしばし払拭させられることとなった。帰り際にふと、建物の入り口に二枚の白黒の写真がさりげなく、額にいれられて飾られているのに気づく。一枚は「爆撃前」、もう一枚が「爆撃後」と記されていた。

戦前に撮影された写真から、われわれが案内された回廊のような建物のさらに奥にあった別荘の本体というか「宮殿」そのものはメインの道路に面して建っていたことが分かる。通りには幾つもの立派な建造物が立ち並んでおり、「宮殿」はその一つだった。「爆撃前」にはいかにもイタリアの中世の町並みを思わせる建造物が、その優雅さを誇るかのように立ち並び、「爆撃後」はただ、粉々に砕けた石ころの残骸が山積みになっているだけで、すべてが焦土と化した通りがまっすぐに延びているだけだ。

凄惨な戦争の痕跡の一部が「宮殿《パラッツォ》」と呼ばれていた建物の壁にいまなお残されているという事実。一九四八年、戦争のわずか三年後にイタリアを訪れたヘミングウェイはこの地に何を見、何を考えたのだろうか。『河を渡って木立の中へ』のヒロインとして登場するレナータの原型であるアドリアーナ・イヴァンチッチの両親(あるいは先祖代々)が所有していた別荘が爆撃によって失われたという事実をどのように考えていたのだろうか。

アドリアーナと出会ったヘミングウェイもこの別荘を訪れたと、オシーナは言う。しかし、そのことにはいずれも伝記もこれまで触れてはいない。精力的に行動していたヘミングウェイのすべてを伝記に記すことは不可能であり、この別荘訪問に格別な意味を見いださないかぎり、あえてこの別荘のことを記録にとどめることはなかったのだろうか。

しかし、よく考えてみると不思議だ。ヘミングウェイは『河を渡って木立の中へ』では、タリアメント川の橋のあるサン・ミケーレ・アル・タレアメントの町、すなわちイヴァンチッチ家の別荘のある町を素通りして、その国道の先にある男爵の別荘に男爵を送り届け、さらに男爵の館は爆撃から逃れ、無傷だったとしているのだ。その理由が「軍事施設から離れていた」ためだという。

前の章で触れたように、キャントウェルは米軍基地のあるトリエステを出発し、ヴェネツィアに向かったときに通った道を、今度は帰途に着く途上にあって、男爵を送り届けた。行きにヴェネツィアに向かったときのタリアメント川を通過したときの描写を見てみよう。

昨日トリエステからモンファルコーネを経てラティザーナに通じる旧道を通り、平坦な田園を走らせた。……大きくカーヴし、タリアメントに架かる仮橋を渡った。爆破された橋はリベットを打ち込むハンマーが唸り声を立てながら修理の真っ最中だった。八〇〇ヤードほど向こうに、打ち壊された建物と外壁が見えるのは、かつてロンゲーナが建てた別荘の残骸であり、中型爆撃機がお荷物を落としていった痕跡だ。

……「つまり、いかなる橋といえども、橋から八〇〇ヤードの範囲内には別荘や教会を建てたりしてはいかんのだ」

（第三章）

実は、主人公のキャントウェルが言う「八〇〇ヤード（ほぼ七〇〇メートル）の距離」に大きな秘密が潜んでいたのだ。まさにわれわれが訪れ、ワインを供された別荘こそ、タリアメント川のこの橋からほぼ八〇〇ヤードの場所にあったのだ。キャントウェルが語っている「八〇〇ヤードほど向こうに、打ち壊されて建物群や外壁」が残骸として残っている別荘とは、このイヴァンチッチ家が所有していた「パラッツォ」すなわち、「宮殿」だったのだ。ヒントは「ロンゲーナ」という名前にあった。これまでも調べてはみたが、その人物を特定することはできなかった。

そのため、私はこれまでも何度も『河を渡って木立の中へ』を読み返していたが、うかつにも重大なヒントと事実を読み落していた。そのヒントに潜んでいた事実を知り、私はしばし、茫然となった。キャントウェル大佐が橋から眺めていた「打ち壊された建物と外壁」とは、爆撃で破壊された、まさに我々が目にしたイヴァンチッチ家の別荘の残骸だったのだ。

このたびのヴェネツィア滞在を機に、ロンゲーナという名字に「バンダッサーレ」という名前が付け加えられたことで、この謎の人物が誰であるか判明した。

キャントウェル大佐が、さりげなく言う「ロンゲーナ」という人物は、実はバルダッサーレ・ロンゲーナ、ヴェネツィア生まれの最も有名な建築家だったのだ。一六三〇年、ヴェネツィアがペストに襲われ、人口の三分の一が死亡したときに、元老院が聖母マリアに祈り、町を救済してくれたあかつきには聖母に捧げる大教会を建立するという宣誓を行った。ペストの流行が終息し、聖母マリアへの約束の証としてロンゲーナによって、比類なきバロック教会、サンタ・マリア・デッラ・サルーテ教会が建立された。ちなみにヘミングウェイが常宿としていたグリッティ・パレス・ホテルとは大運河を挟んで正面にある教会であり、今回の国際学会のポスターにもプログラムの表紙にも使われた写真にヘミングウェイの背後に映っている建物がこの教会である。いや、ヴェネツィアを訪れる人はサン・マルコ広場から眺める大運河と共に日々、目にする美しい教会だというべきだろう。

ともあれ、建築家ロンゲーナがイヴァンチッチ家の依頼を受けてサン・ミケーレ・アル・タリアメントに絢爛豪華な「宮殿」を建てたのもほぼ同じ時期、十七世紀の初頭だ。先の引用で示したように「ロンゲーナが建てた別荘の残骸であり、中型爆撃機がお荷物を落としていった痕跡」とは、まさにイヴァンチッチ家が保有していた別荘に他ならない。

キャントウェル大佐が車の中で運転手のジャクソンに蘊蓄を披露している、その橋こそタリアメント川に架かるサン・ミケーレ・タリアメントの橋なのである。イヴァンチッチ家の別荘はこの橋からわずかな距離にあった。大佐によれば、橋の近くに別荘を建てること自体が間違いだということなる。しかし、別荘が建てられたのは十七世紀、近代戦争による空爆もなければ、大量殺戮もない時代のことだ。もちろん、大佐のもっともらしい説教がまさに愚かしい論理であったことをへミングウェイは充分に承知していた。聞き手の無学で単純な若いアメリカ兵士がいとも簡単に「いい教訓ですね」と、深い思慮もなく同意していることがまさにアイロニーとして、この「教訓」の愚かしさと欺瞞性を明らかにしている。それにしてもへミングウェイは「サン・ミケーレ・タリアメントの橋」を巡る「悲劇」の存在を、何とさりげなく描いたことか。そこに秘められた「悲劇」はヒロイン、レナータのモデル、アドリアーナ・イヴァンチッチとその一族が被った第二次世界大戦による悲惨な歴史的な事実を暗示しながら、破壊された別荘が遠景に望まれるだけでそれ以上に語られることはない。まして、その所有者の名を明かすこともない。それはまさにへミングウェイの文学を特徴付ける「氷山の一角」説、省略の技法に他ならない。水面下に沈む八分の七を読者が読み解かなければならない。繰り返して言おう。ヒントは固有名詞「ロンゲーナ」だった。

イヴァンチッチ家の悲劇はさらに続く。大戦後まもない一九四五年六月十二日、父親カルロ・イヴァンチッチの屍体がアドリアーナの兄、ジアンフランコによってサン・ミケーレの小径の瓦礫の中で発見された。なお姪のオシーナによれば、犯人は特定できなかったが、カルロは当時、ヴェネツィア市長選に立候補しており、戦後の混乱期にあって、政敵も多い中での出来事だった。これもまた『河を渡って木立の中へ』では描かれていない。レナータのどこか悲哀の漂う雰囲気と父親ほどの年齢にあったキャントウェルに対する親愛の情には、アドリアーナのそんな悲劇が影を落としているのかもしれない。かたや戦勝国アメリカの軍服を身にまとう老軍人と、敗戦国イタリアの若き美しい娘がヴェネツィアの街を連れ立って歩く姿に敵意を抱く若者も存在する。しかしその構図は戦勝国のアメリカ人と敗戦国のイタリア人という単純なものではない。戦争末期には敗戦色濃い中で戦争を続行するファシスト政権下のイタリア政府に対して、反政府活動が起きていた。アメリカの戦略事務局（OSS）に加わり、ヴェネツィア州のパルチザン組織の責任者となって活動したのがアドリアーナの兄、当時二十八歳のジアンフランコだった。敵と味方が判然としない渦中にあって、一時期、ジアンフランコは謀反分子に捕縛されたこともある。これもまた書かれざる歴史的な事実として背後にあった。

国際学会の開催初日「ヴェネツィア・ラウンドテーブル」と題して四人のヴェネツィア関係者がそれぞれ講演を行った。その中のひとりがアドリアーナの弟、かつてオランダ大使を始め、さまざまな国で外交官として活躍していたというジャコモ・イヴァンチッチであった。講演の後に個人的に話す機会があり、また学会を終えて帰国後も氏とはメールでの交流が続いている。氏は次のように述べている。証言は詳しく、主観や憶測を交えず客観的であり、また多少、オルシーナの説明とは異なる。

ヘミングウェイは戦争が終わってから三年以上も経ってからヴェネツィアに来ました。小説に書いていることは、おそらくヘミングウェイが実際に目にしたことだと思います。しかし、橋

(the bridges)は戦争中、一度も実際に「破壊された」ことはありませんでした。ほんのわずかな損傷はあり、それも即時に修復されました。戦後、もちろん、さまざまな修復がなされ、道路に架かる橋(これは以前は狭い橋でした)は、すっかり改造が施され、幅が広げられ、いまある姿となりました。その間、一時期、仮橋が使われていました。(二〇一四年七月二十日付)

ジャコモ・イヴァンチッチの言から察するに、キャントウェル大佐が渡った仮橋は確かに一九四八年に存在していたが、もともとあった橋は戦時下にあって破壊はされなかった。この時期、橋の幅を広げるために一時的に閉鎖され、そのために仮の橋が付設されていたのだ、ということになる。ヘミングウェイがあえてこの橋が戦時中に空爆されたと『河を渡って木立の中へ』でキャントウェルに言わしめているのは作為があるように思われる。ベイカーの伝記『アーネスト・ヘミングウェイ』では次のように記されている。「サン・ミケーレ・アル・タリアメントにあった一家の別荘は、近くの橋を爆撃しそこねたアメリカ中距離爆撃機によって不注意にも(inadvertently)破壊された」。ベイカーはおそらくヘミングウェイから与えられた情報を忠実に書き記したのだろう。

ここで気になる言葉は「不注意にも」という表現だ。イヴァンチッチ家の別荘のみならず、非戦闘地域だったサン・ミケーレの町全部を焦土と化したのは「不注意」ではなく、じつは意図的に実施された大戦末期のアメリカ空軍による空爆だったのではないかと思われるのだ。ヘミングウェイもベイカーも自国のアメリカ空軍によるこの行為を、容易に認めることができなかったに違いない。

だからこそヘミングウェイはキャントウェルを通じて「橋から八〇〇ヤードの範囲内には別荘や教会を建てたりしてはいかんのだ」という教訓めいた言葉を述べることによって、橋への空爆が照準から外れた結果、別荘や教会が不本意ながら破壊されたという論をもってアメリカ側に立って自己正当化を計っているようにも思われる。逆説的に言えば、その背後には戦勝国アメリカがイタリアに残した戦争の痕跡はヘミングウェイの心に深く自責の念として刻まれたに違いない。なぜなら『河を渡って木立の中へ』の核となっているモティーフは「戦争の傷跡」であり、「心に刻まれた戦争の傷」だからだ。

イヴァンチッチは先の手紙で次のようにも記している。「私たちの別荘のあったところは鉄橋から八〇〇ヤードほどのところにあり、それは町の外れでした。教会もすぐ近くにありました。戦後、町の再建は破壊された側の反対側、橋の東側に再建することが決められました。われわれの側が再建されるようになったのはそれからかなり後のことです」。

一九四八年、ヘミングウェイが見たタリアメント川に架かる橋から廃墟となったイヴァンチッチ家の別荘は、キャントウェルの言葉をふたたび借りれば「八〇〇ヤードほど向こうに、打ち壊された建物と外壁が見えるのはかつてロンゲーナが建てた別荘の残骸」という悲惨な姿を露呈していたのだ。町が徹底的に破壊され尽くされたがために、戦後三年を経て、なお焦土と化した町は再建されることなく、廃墟となった姿をとどめ、唯一、この一帯で外壁を残して立っていたのが堅牢なイヴァンチッチ家の別荘だったのだ。だからこそ橋からは、ヴェネツィアが誇るロンゲーナの建てた

「優美な」外壁を見ることができた。しかし、ヘミングウェイはこの「別荘の残骸」こそ、レナータならぬアドリアーナの別荘であったという事実を『河を渡って木立の中へ』に記すことはなかったし、口外することもなかった。

ワインの貯蔵施設の建物の入り口に貼られた二枚の写真、「爆撃前」と「爆撃後」はイヴァンチッチ家の悲劇を物語ると同時に、第二次世界大戦の空爆による破壊力と無差別殺戮の歴史を刻んでいたのだ。

当時、一家の経済を支えていたのはタバコと絹だったという。そういえば短編「身を横たえて」ではは不眠症に苦しめられていたニック・アダムズが前線近くで寝ていた小屋は蚕小屋だった。この地方は絹織物の生産地でもあったのだ。現在、イヴァンチッチ家はワイン製造を主たる経済源にしているということだが、近々、それも廃業にするということだ。屋敷の入り口に掲げられていた表札にはジャコモ・イヴァンチッチの名が記されていたが、氏が当主なのだろう。父親は暗殺されたもののその後、イヴァンチッチ家の子供たちはそれぞれが自らの道を求めて歩んできたのだろう。戦争末期にレジスタンスの人たちと一緒に戦った長男のジアンフランコは戦後、キューバでヘミングウェイの世話になりながら、適した仕事も得られずにイタリアに戻ったようだが、エズラ・パウンドとの親交もあり、写真集を編んでいる。

供されたワインを何倍かグラスを傾け、添えられていたチーズとクラッカーとサラミソーセージにイタリアの香りと味を楽しみ、イヴァンチッチ家の館を後にした。バスはタリアメント川に向かうこともなく、西に進路を取り、一路ヴェネツィアに向かい、帰途に付く。一日の出来事としてはあまりに多くの体験が、長い歴史の流れを凝縮させ、重く心にのしかかってくるようだった。

補記

日本に戻ってからもジャコモ・イヴァンチッチとの文通は続き、サン・ミケーレ・アル・タリアメントの町とイヴァンチッチ家の別荘への空爆、またヘミングウェイとの邂逅についてさらに詳しい情報を氏からいただいた。

まずヘミングウェイとの邂逅について。

ヘミングウェイは一九四八年十二月初旬にアドリアーナと出会うことになるが、それよりずっと以前、一九二三年三月、アドリアーナの母親ドーラ(一八九八年生まれ)とドロミテで出会っていたのだ。ドーラはすでにこのときカルロ・イヴァンチッチと結婚しており、イヴァンチッチ姓を名乗っていた。結婚したのは一九一九年である。ヘミングウェイは報道記事を書きながら、短編小説と詩を書いていた。ドロミテに先立ち、二月、エズラ・パウンドの招きでイタリアの海辺の町、ラパッロを訪ね、この町を舞台にした「雨の中の猫」が書かれた。正確に言えば、最初にドーラを紹介されたのは妻のハドレーだった。紹介したのは若く将来を嘱望されていたピアニスト、レナータ・ボルガッティである。父親はギュセッペ・ボルガッティ。トスカニーニに激賛されていたイタリアの名テノール歌手である。

アドリアーナの弟ジャコモは一九四八年、ヘミングウェイがイヴァンチッチ邸を訪ね、母ドーラと叔母のエマ・イヴァンチッチが談笑している場に同席していたという。ドーラは二六年前にドロミテでヘミングウェイと出会ったことを鮮明に覚えており、再会を喜んでいた。何という奇遇だろう。まるで運命の糸に操られるようにヘミングウェイはドーラの娘、アドリアーナと出会ったのだ。偶然はどこかで必然の結果のようにも思われる。イタリアあるいはヴェネツィアの貴族のもつハイ・ソサイエティ社交界は意外に狭く、その閉鎖された環の中にあって一旦、入り込むとその人びととの出会いは必然的に生じることなのかもしれない。とは言え、アドリアーナの母親とずっと昔に出会っていたとは驚嘆に値する（一七一頁参照）。

ジャコモ・イヴァンチッチからは引き続き、「一九四四年から四五年にかけてサン・ミケーレ・アル・タリアメントおよびラティザーナに対する空爆に関しては以下のようなことが判明しました」と、空爆に関する詳しい情報がメールで送られてきた。イヴァンチッチの妻、マリーナ・イヴァンチッチがラティザーナ市公文書館に保管されている資料を調べてくれ、それをジャコモが英訳してくれたものである。

一九四四年五月十四日から翌年の四月二十九日（ヒットラーが自殺する日）までサン・ミケーレとラティザーナに投下された爆弾は七九発だった。九〇機を越える爆撃機が編成を組み、多くはかなり高度から空爆を企て、ときに応じて小編成であったり、また単独に一機での爆撃もあった。空爆の多くは市民に恐怖を与えることを目的としたものであったが、橋から十五キロも離れた田畑も空爆の被害を受けた。空爆によって多大な被害が出たのは一九四四年五月十九日の第二波と、九月四日の第十波、および一九四五年一月四日の第四十三波である。イヴァンチッチ宮殿が空爆を最初に受けたのは一九四四年八月二十八日のことであり、この日に繰り返し、爆弾が投下された。一九四四年十一月十一日に初めて鉄橋が被弾し、すぐに修復され、翌年の三月八日までの間にも数回、鉄橋に爆弾は投下された。第二五波、一九四四年十二月十五日に至って初めてドイツ軍による対空砲火が開始されたが、それも長くは続かず、この日、国道の橋が被弾し、ただちに修復された。その後、再度、終戦間際に被弾した。人口二千人のサン・ミケーレは町全体が壊滅し、一方、人口一万人のラティザーナの損壊は約七〇パーセントだった。合わせて百人の死者と多数の怪我人が出たが、住民の多くは第二波の空爆の際に、町から逃げ出し、疎開しており、難を逃れた。

（二〇一四年八月二日付書簡）

終章　ヴェネツィアの市場

『河を渡って木立の中へ』の中で、キャントウェルは次のように語る。

まず街の反対側にあるグリッティ・ホテルを出発するところから始めよう。ファンダメンテ・ヌォーヴェを通って迷わずにリアルト橋に着くところでゲームは終わる。そこまで来れば、橋を渡って市場に降りて行くことができる。市場は街のどこよりも気にいっていた。どの町でも、まっさきに行くのは市場だ。

（第二十一章）

キャントウェルあるいはヘミングウェイのみならず、旅する人びとの多くは訪れた都市の市場を覗いてみることを楽しみにしているに違いない。特に野菜や果物を扱う市場と海辺にある町の魚市場は格別に楽しい。市場には人びとの生活そのものが凝縮しており、その地方特有の食材としての野菜を手に取って見ることができるし、見たこともない果物を発見することもある。ヴェネツィアの魚市場はまた格別、興味深い。まずは日本でも見慣れた魚貝類を確認し、次には初めて見る魚に驚嘆する。サバ、ヒラメ、クロダイ、アジなどに始まり、アサリ、シジミなどの貝類に加えて、大量のムール貝、エビは大小さまざまな大きさと色合いをもって山盛りに並べられている。

ヴェネツィアの市場に魅了されたキャントウェルは続く章で、詳しくその魅力を語っている。章全体が市場に関する話となっており、作者ヘミングウェイがいかに市場のもつ猥雑なほどに活気溢れる様相に心を惹かれていたか分かる。詳細な語りはヴェネツィアそのものの姿の一端を明らかにしてくれている。

彼は市場が好きだった。市場の大部分はひしめき合い、いくつもの路地に枝分かれして集中しているため、人がごったがえしており、はからずも人を押し分けて歩を進めていかざるを得ず、並べられているものを覗き込んだり、買おうとしたり、あるいは見とれたりして立ち止まれば、たちどころに朝の買い物客の流れに背いて防波堤となってしまう。チーズや巨大なソーセージが盛り沢山積み上げられていたり、広げられていたりする様を眺めて歩くのが大佐の好みだった。ふと、故郷のアメリカではモルタデッラ([訳注]中にダイス状の豚脂を散らしたボローニャ産の太いソーセージ)のことをただのソーセージと思っている節があるな、と思い出した。それから売り場のおばさんに声をかけた。「あのソーセージ、ちょっと味見させてもらえるかな、ほんの一切れ」。おばさんは薄く、紙ほどの薄さに、いかにも惜しそうに、愛しむかのように切ってくれた。味見すると、山地でドングリを食べて育った豚の肉の本物の風味に、燻して黒胡椒をまぶした味がした。

（第二十二章）

私はヴェネツィア滞在の最後の日、早朝に目を覚まし、今日こそは市場に行くのだ、と身構えていた。同宿の古峨美法がこのこと起き出してきたので、誘って宿を出た。

六時半。宿からサン・ポーロの船着き場までは歩いて十分ほどだ。ローマ広場行きのヴァポレットが来るまで、桟橋に立ち、朝日が斜めに水面をきらきらとまぶしく照らし出す大運河と、くっきりと輪郭を夜明けの空に刻む周囲の建物を眺めた。漆黒のゴンドラはみな青いシーツが被せられ、岸辺に停留している。早朝といえども、船着き場にはいかにも実直そうな勤め人風情の男女が四、五人、ヴァポレットを待っている。

「イタリア人って、意外に勤勉なのね」古峨が言った。

やがてローマ広場行きのヴァポレットがやって来た。その舟の傍らを、屈強な男を四人乗せて積荷を満載した小舟が擦り抜けて行く。大きな木箱の上にはさまざまな色合いの段ボール箱を積み上げ、市場に向かって悠然と進んで行く。

ほどなくリアルト橋の停泊所に到着。早朝の散策を楽しんでいる旅行客と思われる男たちがカメラを下げて橋の横道を歩いて行く。橋のたもとでは飲料水を満載した小舟が停泊し、次々と肩に担いで、積荷を陸揚げしている。その傍らには大きな二輪車に積み上げるべく一人の男が待つ。道路に面したレストランは、開店前です、とばかりに入り口に椅子を積み上げたまま、店員が中でせわしなく歩き回っている。

リアルト橋に歩を進めると、階段の両側に店を構える店舗はいずれもシャッターを下ろしたままだ。二十年ほど前、この町を訪れたときに、通勤用の皮のカバンを買ったのはここに立ち並ぶ店の一軒だ。丈夫でいまなお、カバンは現役だ。

石段をひとり、女性が買い物袋を下げて降りて来る。アジア系の女性だった。こちらには目もくれないで通り過ぎる。住み慣れた地元の人なのだろう。見上げると空は真っ青に晴れ渡り、わずかに薄く鰯雲が白く建物の屋根にかかっている。早朝の涼しい風が通り抜けていく。石段の橋を対岸まで渡りきると、河岸の店はすでに路一杯に椅子を並べ、客を待っている様子だ。

立ち並ぶ店の前を純白の僧衣を頭からつま先まで包んだ尼僧が、首から大きな十字架を下げ、こちらに向かって来る。朝の務めでもあるのだろうか。すると手前で忽然と姿が消える。店と店の間にきっと路地があったのだろう。

河岸を横目にさらに先に進むと、そこはヴェネツィアの台所の原点、市場が広がる。アーチを幾重にも重ねた回廊が三方を囲み、石畳の広場がある。エルベリア広場だ。一〇九七年に始まり、ごく最近まで青果の卸市場だった。中央には背丈が一メートルを優に越す、水飲み場があり、四方にはライオンの顔をした蛇口が配され、水をちょろちょろと口から吐き出している。市場の片隅にはひざまずき、背に階段付きの石版を肩で背負った男の石像がある。「リアルトのせむし男」と呼ばれる像だ。この男は実はヴェネツィアが十五世紀にベルガムを征服した際に集まって来た下層階級の労働者を表しているという説もある。

回廊を抜けるとそこはヘミングウェイが描いた市場が眼前に現れる。まさに色彩豊かな日常の祝祭空間が広がる。河岸に沿って立ち並ぶ出店には真っ赤なトマト、緑のピーマン、紫のナス、黄色のオレンジ、緑のブドウなどそれぞれの果物が箱にきっちりと納められて並べられ、白地の布製の天幕からは黄色のバナナが二本、三本と幾つにも分けられて吊るされている。ヴェネツィア人の、いやイタリア人のセンスのいい色彩感覚によるものだろうか。その配色はまさに芸術だ。

また別の店には上から何十本と唐辛子の束がまるで暖簾のように下がり、輝くような赤色がひと際、華やかで人目を引く。その下では半袖のシャツから出ている両腕には青と赤の見事な入れ墨を彫った若い男が果物をおおざっぱに山盛りにして並べている。スモモ、オレンジ、ブドウ、加えてかぼちゃが並ぶ。その背後には魚屋が控える。

店と店の間の通路は二メートルほどの幅しかないが、街の人があたりを見渡しながら歩いて行く。この魚屋は貝類を前面に並べ、殻付きの牡蠣は口を閉じたままで売り出されている。アサリとハマグリと名も知らない小さな貝が並び、その奥に片手に乗せられるほどの小粒のタコが金属製の幅広の容器に何十匹といれられ、まだ生きているかのような新鮮の色合いを見せている。店の男は青いプラスチックの手袋をはめ、首から大きなエプロンをかけてすでに客待ちの態勢で店の前に立っている。

キャントウェルが購入したマテガイの店は、この店とは通りを挟んだ見事な曲線を描いたアーチに支えられた大きな建物の一階部分を占める魚市場の中にあるに違いない。建物そのものが立派で、運河から眺めるとどこかの宮殿か館かと見間違えるほどに勇壮で美しい。朝日の差し込むのを避けるように薄緑色をしたビニールのカーテンが人の背丈よりもちょっと上まで引き下ろされてはいるが、外からも容易に中に並べられている魚介類を見ることができる。中の店を一通り眺め歩いた後に、マグロがビフテキほどのサイズに切り身にして売られている店に立ち寄る。数年前にも一度、この店で買ったことがあった。

「これ、生で食べられる?」と尋ねる。

「イエス、サシミ、オーケー」と応えが帰って来た。

そのうえ、「中トロ」と、日本語で説明がある。大きな固まりのマグロを厚手のビフテキサイズに新たに切ってくれた。計りに掛けられ、自動的に値段が印刷され、包み紙に張られて手渡された。六ユーロとちょっと、日本円にして千円もしない。これでヴェネツィアの最後の晩餐ならぬ朝食に、中トロのご馳走を食卓に並べることができる。さすがにキャントウェルの真似をしてまで、貝類を生で食べる勇気はなかった。飛行機の中で食中毒症状でも出たら、とても耐えられない。

魚市場も野菜や果物市場もまだ朝が早すぎるのか、客はまばらだ。それに市場から縦横に交差している横路にある店はほとんどがまだ開店しておらず、路地はまるでシャッター街のように静かで、人通りもない。これから昼にかけて、押し合うように買い物客でごった返すのだろう。

カフェに入り、古峨にコーヒーの注文を頼み、奥のトイレを利用させてもらった。トイレの中は広々として清潔で、壁には色とりどりの絵が描かれている。用を済ませ、ドアを明けると若い女性が前に立っていた。

「あの人、この近くの出店から来た人みたい。店の人と親しく話をしていたから」と古峨が言う。

白い大きなカップになみなみとコーヒーが注がれ、ミルク入りの容器がカップに合わせて白くて上品だ。店の天井は太い梁が剥き出しのまま、いかにも長い歳月を刻んで古く、重厚な茶褐色の壁と天井の漆喰の紫がかったピンクの色合いにマッチしている。カウンターで飲めば一杯、一、五ユーロだ。妙な話だが、閉まっていた公衆トイレの料金と同額だ。カウンターの中のキッチンでは店主が注文に応じて、コーヒーを注ぎ、パンをトーストで焼き、忙しく立ち回っている。棚の上には調味料のビンに混じって大小の酒ビンが並び、その配色がまた美しい。出窓には黄色と赤色の花が活けられた透明のビンと洋ランと思われる鉢植えの植物が飾られている。いかにも早朝の清々しい時間にふさわしい清潔な明るいカフェだ。

店の片隅でスポーツ新聞を熱心に読んでいる男の客がひとり。その客に向かって、新たに入ってきた女性の客が近づき、屈み込むように話しを始める。知人同士、常連なのだろう。なにげない早朝のひとつの情景がなんともほのぼのと感じられる。旅人としてふと立ち寄ったカフェにとってわれわれは異邦人だし、このカフェにはふたたび立ち寄ることがないかもしれないが、この界隈に住む人びとにとってここは生活の一部なのだ。

ヴェネツィア最後の日。早朝、市場の角のカフェでのひととき。エスプレッソを片手にカウンターに立ち、窓から市場を眺め、残されたヴェネツィアでのわずかな時間を惜しみつつ、濃密な日々を振り返る。このたびのヴェネツィア滞在は、ヘミングウェイに寄り添いながら、街のより深い中に入っていけたような思いがした。十八歳のヘミングウェイは戦時下にあって街に行くことは許されず、潟湖を隔てた遠くから、海に浮かんだ街の輪郭の美しさに感動した。三十余年の歳月と二つの大戦を経て、戦禍を逃れ、深淵にして芳醇な雰囲気をとどめた街、ヴェネツィアはヘミングウェイに新たな感動と歓びを与える。街全体が無傷のまま、何世紀もの歴史を刻んだ博物館のごとき重厚さと美しさに包まれ、そこで出会った人びととの心の交感が、しみじみと心に染み渡ってくる、そんな至福の時間を共有している私がそこに居た。

カフェを出て、青果市場の前を通り過ぎようとすると、古峨が「ほら、言ったでしょ、さっきトイレに来た人、この店で働いてる」。

見ると確かに先刻、トイレのドアの前に立っていた人だ。真っ赤なタンクトップの金髪の女性。さまざまな色をしたブドウが溢れるように並べられている店の内側に立って一心にスモモの汚れをとっていた。頭上にはまるで女性の着ている衣装に合わせるかのように赤いニンジンが緑の葉を残したまま束ねられて、いくつも天井から下がっていた。

第二部　パウンドとヴェネツィア

汝深く愛すもの　汝の真の遺産
汝深く愛すもの　汝より奪われず
「詩篇八一」

第一章　一九〇八年　ヴェネツィアとの出逢い

エズラ・パウンドは一八八五年、アメリカ中西部アイダホ州の小さな田舎町、ヘイリーで生まれた。ヘミングウェイが生まれるより十四年前のことだ。ヘミングウェイの終焉の地ケチャムとこのヘイリーは、ともにシルヴァー・クリークと呼ばれる川に沿った国道七五線に点在する町であり、隣接する位置にある。その偶然とは思えない奇遇は、ふたりがどこかで見えない糸で結ばれていたことの証なのかもしれない。

母がこの偏狭の地を嫌ったため、パウンドが幼いうちに一家は東部ペンシルヴァニアに移る。十五歳でペンシルヴァニア大学に入学を認められたパウンドは、途中ニューヨーク郊外ハミルトン・カレッジに席を移し大学時代を過ごす。その後ペンシルヴァニア大学に戻って過ごした大学院時代に、ウィリアム・カルロス・ウィリアムズやH・D・と詩について熱く語り合い、切磋琢磨し合ってイマジズムの萌芽ともいえる詩を作った。そして大学院修了後中西部、インディアナの大学で講師の職を得るが、その職を理不尽と思える理由で失い、ヨーロッパ、ヴェネツィアに渡る。ロマンス語を専攻し、ヨーロッパの伝統文化を頭では理解していたパウンドだったが、豊穣な伝統文化とモダニズム芸術に実際に触れるというヨーロッパ体験は衝撃的であり、ヨーロッパはまたパウンド独自の芸術の基盤を築くうえでの強力な磁場となってパウンドの心をとらえた。その結果、ロンドン、パリを経て、北イタリアのラッパロ、ヴェネツィアと人生のほとんどの時をヨーロッパで過ごすこととなる。その中でも、ヴェネツィアは一九〇八年、詩人として生きる決心をし、一九七二年終焉を向かえるという、パウンドにとって運命的な第二の故郷となった。

十三歳のパウンドが、大叔母「アント・フランク」(フランシス・エミリア・ウェストン)に連れられて初めてヴェネツィアを訪れてからほぼ百年後、一九九四年、私はこの魅惑の都市を訪ねた。七月、パリで開催された国際ヘミングウェイ学会・パリ大会に参加した後、レンタカーを借り、ストラスブルグまで東へ向かい、そこから南へ向き、アルプス越えでイタリアに入り、ヴェネツィアに到達した。北イタリアにおけるパウンドの足跡を巡ることを頭においていたので、ヴェネツィアに六日滞在した後、さらに他の都市へ足を延ばし、計二週間ほどパウンドの作品と人生を辿った。

パウンドが「サファイア・ブルー」色と謳い、その水の神秘に魅せられたガルダ湖では、澄み切った水を見つめる。またパウンドがヘミングウェイと一緒に、一九二三年の徒歩旅行の際に訪れた湖畔の街シルミオーネにある、パウンドお気に入りのホテル・エデンでは、昔の宿帳を見せてもらう。ふたりの名前を見つけることはできなかった。パウンドが敬愛した古代ローマの詩人カタラスの住まいの廃墟では、真夏の日差しを受けてパウダーブルーの空とひとつになっている湖を眼下に、『詩篇』の一節を思い浮かべる。

幸運は永続せずと誰もが言う
誠に、極小さき風雨……
　山なす雲から子ネズミが飛び出して来たごとく
ジョイスが息子と到着せしこと　思い出せり
　カタラスの根城を訪れしをも
ジムの雷への畏敬とともに、しかして
　雄大なるガルダ湖

「詩篇七六」

一九二〇年トリエステに住んでいたジェイムズ・ジョイスを、パウンドは新しい芸術文化が沸騰するパリに呼び寄せたいという思いを秘めて、このガルダ湖畔に誘った。このことがきっかけとなって、二十世紀文学に革新的な一歩を刻んだ『ユリシーズ』が世に出ることになった。雷嫌いのジョイスが、「雷が恐ろしく、旅は大嫌いですが、シルミオーネから、パウンドがあまりに熱心に誘いの手紙をよこされましたので、息子を避雷針として連れて行きました」と、パトロンのハリエット・ショー・ウィーヴァーに宛て書いた、一九二〇年七月一日付の手紙がこの詩篇が表す事実を裏付けている。入道雲から突然一筋の雷光が走り、ほんの少し驟雨が降り注ぐ。大したことはない雷雨をも恐れるジョイス。パウンドはその様を、雷があたかも小さな「一匹の小さなネズミ」のごとく雲から飛出してきた程度なのにと謳う。パウンドのユーモアとジョイスへの親愛感がほのぼのと伝わってくる。ジョイス自身も、息子ジョルジオを「避雷針」として伴ったと言っているから、雷を本心、恐れていたのだろうが、ここにはジョイスのユーモアと親の情愛を感じることができる。ガルダ湖畔を訪れたジョイス父子を、パウンドは、古代ローマの大詩人カタラス邸の廃墟に案内する。古代ローマの大詩人カタラスの住居址に立ち、新たな文学の胎動を覚える。

あの夏、私はパウンドの『詩篇』の一節を追い、旅を続けた。

パヴィアのロマネスク教会やヴェローナのサン・ゼーノ聖堂、ラヴェンナの初期キリスト教会の金色を背景に彩られたモザイク、パウンドがそのルネサンス期の政治や指導者に興味を抱いたリミニのマラテスタ家やフェラーラのエステ家。石の文化のおかげで、十五世紀頃の教会や宮殿の建物はもとより、六世紀のモザイクも残っている。千年の歳月の隔たりが同じ空間に共時的に存在する文化遺産の形は、まさにパウンドが詩という文字で再現しようとした芸術形態である『詩篇』を生み出す要因となったに違いない。

私はパウンドの言葉を通して、場所や「もの」を見、再体験する。パウンドの言葉によって、場所の意味が深さを増し、私の感性を鋭敏にする。もし私が『詩篇』を読んでいなかったならば、おそらくリミニは海水浴客で賑わう行楽地として避け、マラテスタの教会テンピオに行くこともなかっただろう。教会の中に足を踏み入れ、ジギスムント・マラテスタがピエロ・デラ・フランチェスカによって描かれている絵を見ても、冷酷そうな目をした君主だなと思うだけで、その絵の細部を見ることもなく、通り過ぎてしまったかもしれない。

人間が作りだした造形物、文化芸術の成果だけではなく、木立を通り抜ける風を頬に感じ、風が運ぶ香りに、私は親しみ、あるいは既視感を覚えた。トスカナ地方には、標高は様々だが丘の上に位置している街が多い。ラファエロの出身地でW・B・イェイツが魅了された風の街ウルビーノをはじめサン・ジミニアーノ、シエナ、ペルージアが連なる。風に吹かれ、波打つように広がる緑の丘を前に、風に運ばれて来る香りに包まれ、なぜか懐かしく感じることがしばしばあった。初めて訪れた土地へのノスタルジーなどあるのだろうか。デジャヴなのだろうか。いや違う。初めて眺める眼前に広がる風景を、パウンドの言葉を通して私はすでに知っていたのだ。

穏やかな日、静かに蔑まず
　雨も道《プロセス》の一部。
汝が離れし所は道にあらず
オリーブの木々、風に白くそよぎ

揚子江、漢江に洗われ
かの白さに如何なる白さが加えられよう、
　　　　　　　　　　如何なる潔白が加えられよう？
「偉大なる航路《ペリプルム》　我らが岸に星をもたらせり」
明けの明星ルシフェル、ノース・キャロライナに落ちし時、
杜を通り過ぎ、ヘラクレスのもとを離れ去りし者よ
穏やかな風がシロッコに道を譲れば
誰でもない者、誰でもない者？　オデュッセウス
　　　　　　我が一族の名。
風も道《プロセス》の一部。
　　　　　　　　　　　姉妹なる月
神を恐れよ、大衆の無知を恐れよ、
正確なる定義を恐れるな
　　かのごとくジギスムンドに伝えられ
しかして、天幕の入口よりミントの香り
ことのほか、雨の後に

「詩篇七四」

しかして、白き牛、ピサへの道に
　斜塔に面するがごとく、
練兵場には黒き羊たち、しかして雨降る日、山に
雲がたちこめる、番兵舎のごとくに。
　トカゲ、我を持ちあげ
　野鳥、白パンを食せず
　泰山より　日没の方向へ
キャラーラの大理石より塔へ
　しかして、本日空が広がる
　　あまたの喜びもつ観音のため、

「詩篇七四」

この詩を書いた時、パウンドがおかれていた特殊な状況については後で説明するが、ここでは、六十歳のパウンドが、ピサで見ていた情景であるということを前提に、この一見謎めいた詩句を読み解いてみよう。

雨風は、老子や孟子のいう自然や宇宙の「道」や、オデュッセウスのように海洋を進む者を導く航路(periplum)に従い、時にしっとりと穏やかに、時に乾いた熱風シロッコのように厳しく、パウンドを訪れる。パウンドは、トカゲ、野鳥など自然の小動物と交流する。真っ白な大理石が掘り出

されるキャラーラの山、風に吹かれて白い葉をそよがせるオリーブの葉、白い牛など自然物が内包する白さが虚心坦懐さ、純粋さと結び付けられる。(この詩句が強烈な印象を私の心に刻みこんだため、九四年車窓にキャラーラの山を一瞬見た時の真っ白な山の姿を今も鮮明に思い起こすことができる。)白は、「かの白さ」と孔子の弟子が孔子の偉大さを讃える言葉や、東洋・中国の文明を見てきた黄河や揚子江の水と結びつけられる。またパウンドの眼前に聳え立つピサの山は孔子の生誕地泰山と重ねられ、さらには、からりと晴れ上がり広がる空が、慈悲と寛容の菩薩である観音へと思いを馳せさせる。ピサにおいて、まさに西洋と東洋が融合した楽園が目の前に広がる。古代東洋の叡智孔子、対して古代西洋の叡智といえばホメロスである。パウンドは、苦難の道を進み、航路に導かれて故郷イサカへと向かうオデュッセウスに自らを重ねる。パウンドの父の名が、ホメロスの英語読みホーマー・パウンドであることから、自分の父息子関係を、文学上の父息子ホメロスとオデュッセウスに重ねるというユーモアも垣間見せる。神への崇敬を忘れることなく、民の愚かさが思わずもたらす脅威をも忘れることなく、正確な言葉(ここでは「定義」)を用いよとパウンド文学の核心を述べている。「正確な言葉」は、「詩篇七六」では漢字を用いて「誠」と表される。それはパウンドがヘミングウェイの根幹に見いだしたものである。また、パウンドはヘミングウェイの作品に「誠」が現れるように指導し続けた。

ピサで風をふと頬に感じたのも、パウンドの詩情に包まれてその芳醇な風景の中を歩いていたからだろう。サンフランシスコに帰宅直後、二十本余りのフィルムを現像し、一枚ずつ、番号をつけ、ノートにメモを残した。その後、親しい友人に貸し出したフィルムも写真も、全てどこかに消えてしまい、今、手元にはノートだけが残っている。二十年前に綴った文字によって、北イタリアの空気が記憶の中で鮮明によみがえってくる。パリからヴェネツィアに至る道。そして収監され、幽閉されたピサの日々。

ヴェネツィアに到着した夜は、たまたまレデントーレの祭だった。十六世紀猛威をふるったペストの終息を神に感謝するために建てられたレデントーレ教会の祭だ。そしてヴェネツィア最大の祭。パウンドも散歩しながらジュデッカ運河の対岸に眺めるのが好きだった、ジュデッカ島にある教会。夕刻に到着した時、大運河カナール・グランデには船、スキアヴォーニ桟橋には人が満ちあふれていた。夜、花火が空と水を鮮やかに彩り、ヴェネツィアが歓迎してくれたように感じられ、気持ちが舞い上がった。スキアヴォーニ桟橋に面した、サン・マルコ広場近くの宿を五泊ほど予約していたのだが、最初の一泊だけは、あいにく裏庭にある小さな一軒家しか準備出来ません、と宿の主人が謝った理由がわかった。華やかな祭典を部屋から見られない場所にあったからだ。私にはそれはさして気になることではなかった。桟橋に佇み、祭りを祝う人々の熱気のなかで、祭りを楽しんだ後、街の中でありながらも自然に満ちた静かな裏庭に佇む一軒家に戻れば、ヴェネツィアの住人になれたような気分にひたれるからだった。

この街に一歩足を踏み入れた途端に感じた湿気、さらに七月に行われる疫病平癒への感謝の祭に、疫病平癒を起源とする祇園祭、私にとって蒸し暑さが堪え難くなる季節の肌感覚と同義語の祇園祭を思い出す。ヴェネツィアで過ごしたほとんどの時は、夏らしい明るい天候に恵まれたのに、出発の朝は突然の大雨に雷鳴と稲光が加わり、気温も低く肌寒かった。部屋の窓を開けると眼下にヴィットーリオ・エマヌエーレ二世の騎馬像が雨に濡れ、黒々とその姿はいつもと変わりなく悠然と立っていた。花火の光と音で、夜空と運河をきらびやかに彩る序曲で私を歓迎してくれたヴェネツィアが、ヴェネツィアから出て行くことを怒り悲しんでくれているのか。いや、旅立ちを祝福するために、水の街らしく空から雨を注ぎ、雷が朝の空を光と轟くファンファーレで満たしていると、雨と雷を、祝祭の最後を飾る「水と光」のフィナーレで送り出してくれているのだと受けとめ、ヴェネツィアを後にした。

北イタリアの諸都市の中でも、パウンドが特にヴェネツィアに固執したのは一体、なぜだったのか、その意味をもっと探究したいという思いは、ヴェネツィアを後にし、歳月が刻まれるとともに次第に深まっていった。その後、訪れる機会を逸していた私は二十年後にこの水の都を再訪することとなった。

二〇一四年六月、ふたたびヴェネツィアを訪れることとなった。国際ヘミングウェイ学会で研究発表をする機会が与えられ、発表や講演、小旅行など過密なスケジュールの中、間隙をぬって、ふたたびパウンドの足跡を追うことができた。

「詩篇十七」にはヴェネツィアの美しさが燦然と輝くように描かれている。

見よ、大理石の森、
石の木々――水より生え出づ――
石のあずまや
大理石の葉、幾重にも重なり
銀、鋼、幾重にも重なり
銀のくちばし、飛翔、隆起し横断す
舳先、幾重にも重なり
石、幾重にも重なり、
黄金の光、夕べに乱舞す

大理石の建造物は海から生えた樹木のごとく都市を築く。水と光の饗宴。人の営みと自然が絡み合って作り上げられた都市。ヴェネツィアに向かう旅人は、遥か彼方に大理石で創られた森が海に浮かび、林立する姿を目にすることができる。人が造り出した建造物はあたかも森のごとき輪郭をくっきりと空に刻む。その都市を流れる運河に無数のゴンドラが浮かび、鋼色の水に重なるように、それぞれの路を滑らかに、さざ波を立てて進む。黄金色の光が大理石の森を照らす。人は自然に手を加え高度な文化を形成し、人と自然はひとつの理想郷を生み出し、共生する。それがパウンドにとってのヴェネツィアだった。

パウンドは「この世の楽園・地上楽園（*paradiso terrestre*）」を生涯求め続けた詩人だ。人間の営みが自然と一体化することも楽園の一つの要素で、ヴェネツィアは「地上楽園」そのものだった。この地上楽園は「天上の楽園（*paradiso*）」とは異なり、人間の叡智と感覚によって創られており、人間の文化や歴史のもたらす「恐怖」にも満ちている。人間がかかわることに、永遠に不変の美や理想などはあり得ないとパウンドは知っていた。すべては、自然や宇宙、そして時のもつ流れに従い進む。パウンドは、老子や孟子の説く「道」を英語でprocessと訳した。この「プロセス」こそ、世界や宇宙の根底に流れている原理だと心と身体で実感していた。本章の最初に引用した「詩篇七六」の「幸運は永続せずと誰もが言う」は、フランス語の詩句からパウンドが引用したもので、プロセスの性格が表されている。ものに逆らわず、常にその様相を変化（metamorphosis）させる「水」こそ、そのイメージそのものなのである。ヴェネツィアは水の街、「プロセス」「メタモルフォーシス」の街なのだ。

一九〇八年、人生を決めかねて悩んでいる若きパウンドの迷う心が記されている。

サン・ヴィオがカナーレ・グランデに出逢うところ
石鹸の如く滑らかな石柱の傍ら、
サルヴィアーティとドン・カルロスの館の間、
すべてを潮の流れに投げ捨てんや？

『消えた灯』の校正原稿

テオドロスの円柱の傍ら
向こう岸へ渡らんや？
さもなくば、二十四時間待たんや？
自由なりしあの頃、違いはそこに
「詩篇七六」

この詩行の背景を見てみよう。パウンドはペンシルヴァニア大学の大学院を修了した後、インディアナ州のウィンコート大学に職を得るが、雪の街路で凍えていた旅芸人の少女に一夜の宿を提供したために放校される。そしてこの事件をきっかけに、狭い了見のアメリカに辟易して、祖国を離れる。向かった先はヴェネツィアだった。手持ちはわずか八〇ドル。詩人として生きるのなら詩集を出版しなければならないとの信念をもって、少ない所持金の中、八ドルをかけて『消えた灯』(*A Lume Spento*)を一五〇部、出版した。ここでは、詩集を出版して詩人として生きていくべきか、それとも筆を折るのかという岐路に立ち、人生の大決断をした時のことを六十歳になったパウンドが回想している。

「サン・ヴィオがカナーレ・グランデに出逢うところ」とは小運河サン・ヴィオ川が、大運河カナーレ・グランデと交差する近くに位置するサン・ヴィオ広場《カンポ》のことを指す。この広場から大運河に面して右方向にヴェネツィアン・グラスの老舗「サルヴィアーティの館《パラッツォ》」があり、その建物には運河に向かって、SALVATIの文字と、威厳に満ちた美女がかしずく男性たちとともに、多色のガラスの美しいモザイクできらめいている。「ドン・カルロスの館」は、サン・ヴィオ広場から、サルヴィアーティの逆方向、運河に向かって左手にある、歴代オーストリア大使が居住したパラッツォ・ロレダンで、十五世紀建設のこのゴシック建築は、静謐な佇まいを見せている。

校正ゲラをこのふたつの建物の間の運河に流し、詩人となることを断念するか、それとも詩人として生きるかを迷う決定的な場が、まさにここだった。投げ捨てるのか、あと二十四時間考えて、大運河の対岸、サン・マルコ側の出版者アントニーニのところへゲラをもつて行くべきか。「向こう岸」とは、直接的には大運河の対岸、サン・マルコ広場のある側を表している。加えて、比喩的には、ゲラを捨てて詩人以外の路へ進む「こちらの岸」の生き方か、「向こう岸」へ渡って詩人としての一歩を踏み出すのかという、運河の水で分たれた二者択一のうちの、詩人としての人生を開いて行く「岸」も示しているのだろう。

大運河を船でやって来ても、路地を歩いてサン・マルコ広場に到達しても、運河からのヴェネツィアの入口に立つ二本の高い大理石の円柱が目に入る。天空に聳え立つような柱頭にあって、細部は見え難いが、一方には翼のついたライオン、一方にはしなやかな姿の男性が何か動物を足の下に踏みつけている。「テオドロスの円柱」とは、後者のことだ。ライオンは、ヴェネツィアの聖人サン・マルコ、またヴェネツィア自体の象徴で、街中でしばしば目に触れるもののひとつだ。子どもの頃、C・S・ルイスの『ナルニア物語』のライオン、アスランに惚れ込んだ私には、街角のどこでも理想の姿に遭遇出来るこの街は、おとぎの国のようである。

一方の円柱にあるのは、竜を足元に踏み付けた、聖テオドロスの像である。聖テオドロスは、サン・マルコに守護聖人の地位を渡したヴェネツィアの聖人で悪竜を退治したと言われている。仁王像を思い出す。邪鬼を退治する力強い男性を表象する像に、入口・結界で「悪いもの」が入ってくることを妨げてもらう意識は、洋の東西を問わず人類共通のものなのだろう。阿吽の口をしている犬や狐、恐ろしい形相をしている仁王像の間を通って、守られた空間に入って行く日本とは違い、サン・マルコ広場と外との結界にあるこの二本の柱の間には、中世、死刑執行台が設置され、公開処刑が行われていたため、今も間を通ることを避ける人は多いという。若きパウンドはおかまいなしである。円柱の下に横たわって、自己を見つめる。

これらの場所が、四十年近い時を経て、パウンドの心に去来し、詩句に描かれることで、場のもつ力が強まる。さらに、執筆時のパウンドのおかれた状況を考えると、ヴェネツィアの地名が淡々と詩句として並列されていることの意味は一層、深遠になる。

この時パウンドは、ピサのアメリカ軍収容所である規律訓練所(Disciplinary Training Center)に囚われ、愛する場所を訪れることはかなわぬ夢だった。第二次世界大戦中にローマ放送でムッソリーニを支援する放送を行ったために、アメリカに対する国家反逆者として拘禁されていたのだ。一九四五年、ラパッロの自宅でパルティザンに捕われた際、とっさに掴んだ孔子の書物と中国語辞書以外には持ち出せなかったため、そこで書かれた「詩篇七四―八四」、絶唱『ピサ詩篇』(*The Pisan Cantos*)の多くは記憶から生み出されている。

この『ピサ詩篇』には、「記憶の住まう所・住処」(dove sta memoria)の詩句が随所に散りばめられる。記憶がパウンドを様々な場所に誘《いざな》う。アメリカ軍の中でも殺人など極悪な罪に問われた囚人が収監され、日々死刑も執行されていた収容所で、パウンドは命も保証されず、最初のうちは、文字通り風雨吹きさらしの檻に収監されていた。体はピサにあっても、心は記憶とともに漂泊し、記憶に誘われた場所に生きる。パウンドの記憶と言葉によって、その場所に生命の息吹が注がれる。「自由なりしあの頃/違いはそこに」と過去が現在置かれている状況と対比され、現在囚われの身であることが、さりげなく提示されている。さりげなく語られることにより、逆説的にその差異の事実は強烈さを倍増する。パウンド独特の言葉の使い方がここにある。一九〇八年のヴェネツィアで、言葉によって生きることを決心したパウンド。自らを囚われの身とする原因となったのもラジオ放送で発した言葉。そして、パウンドの言葉を通して、その場所を体験することで、場所の意味が重層性を帯びて、読む者の心に広がる。

サン・ヴィオ広場に戻ろう。「サン・ヴィオがカナーレ・グランデに出逢うところ」と謳われた広場だ。ふたつのパラッツオ、「サルヴィアーティとドン・カルロス」の間に、現代美術を蒐集するペギー・グッゲンハイム美術館がある。一九九四年夏、グッゲンハイム美術館の白い建物や柵に出逢った時の鮮烈な光の下でくっきりと浮かび上がる視覚的な記憶が、私の心に鮮明に焼き付いている。どうしてこれほどはっきりした像が心に残っているのだろうと不思議に思っていたのだが、今ようやくわかった。

ここでパウンドが校正半ばのゲラを水中に投げ捨てていたら、英米モダニズム文学を導いた詩人パウンドは存在しえなかったという事実。その事実に気づき、この場所のもつ意味の大きさを改めて身をもって覚え、私の心は震えた。T・S・エリオットの『荒地』に始まる斬新な現代詩も、W・B・イェイツのモダニスト詩人への変容もなく、イェイツによる能楽に影響をうけた劇の数々も生み出されず、ジェイムズ・ジョイスが『若い芸術家の肖像』を世に出す機会も、パリに移住してくることもなく、ヘミングウェイの秘めたる才能も引き出されなかったかもしれない。もちろん、これらの文学者は天賦の才能をもつ上に、努力し、機会を切り開き、パウンドなしでも、花開いただろう。しかし、パウンドの助言や無私の助力は絶大なものであった。

グッゲンハイム美術館とパウンドに関わる「事件」が、一九七〇年代後半から起こっていたのだが、その時の私はそのことを知らなかった。今思うとあの時「問題」をはらむ気配が、暗さの全くないあの純白の建物から醸し出されていたのかもしれない。これは次の章に譲る。

「テオドロスの円柱の傍ら」で悩んでいた若き自分自身の姿は、強烈な残像としてパウンドの心に刻まれ、ヴェネツィアの歴史を伝える「詩篇二六」冒頭にも再現されている。「詩篇二四―六」はヴェネツィアの歴史を扱う三編で、「地上楽園」だからこそ内包される恐ろしさが謳われる。

而して
若かりし時、ここへ来たりて
　　ワニの下にて横たわりし
かの金曜、円柱の傍ら東を臨み、
而して、言いし、明日は南にて　横たわらん
而して、明後日は南東と
而して、夜半ゴンドラで歌声あり
而して、ランタン灯る船《バーケ》にも歌声あり
「詩篇一一六」

テオドロスの足下にいる動物はワニのように見え、十九世紀、この「崩れゆく街」に魅せられたジョン・ラスキンも、建築を核に細にわたって描いた『ヴェネツィアの石』でワニと言っているが、実際は竜である。「ゴンドラ」や「バーケ」が仄かな光を水にきらめかせ、闇の中歌声だけが漂い来る。神秘的なヴェネツィアの夜。

二〇一四年六月、日本から到着後、宿に荷物を置き、取るものも取り敢えず、「サン・ヴィオがカナーレ・グランデに出逢うところ」を訪れた。宿の最寄りの水上バス、ヴァポレットの船着き場サン・トーマから、アカデミアに向かう。マルコ・ポーロ空港で購入した一週間パスを使って、毎

日この船着き場から水上バスを利用することになる。

この時、水上バスの中で女三人組の掏摸《すり》に遭遇した。幸い何も盗られなかったが、ヴェネツィアによる劇烈な出迎えであった。

ヴェネツィアを去る日、私服警官に連行されて行く別の三人組の女性を見た。今回は出迎えも見送りも掏摸の女三人で序曲とフィナーレが構成された。これももつ者ともたない者が共存するヴェネツィアの一面なのだ。地上楽園には負の部分が確実に存在する。パウンドならこの女性たちをどう見るだろうか。金を金として操作することで、利益を得る銀行家を「簒奪者」と否定し、額に汗して労働する者を讃えるパウンドだから、自らの体をはって仕事をしていることは評価したかもしれない。しかし、他人の物を奪うことを毛嫌いしたパウンドなので、肯定はしなかったろう。

夕刻にパウンド縁《ゆかり》の地であるドルソドゥーロ地区を訪ねた。

まずはポンテ・サン・ヴィオ八六一番地をめざす。パウンドが一九〇八年四月末から六月まで住まいにしていた場所だ。まだ生活になじみきれていなかったパウンドがとりあえず居を定めた地を、到着直後でヴェネツィアにとけ込めていないまま訪れる。小路に様々な店や住まいがひしめき合うこの一画に生活の香りを感じ取り、徐々にヴェネツィアの空気が体を満たし始める。パウンドが住んでいた当時、一階を占めていたパン屋を確認できなかった。一九九四年の私のメモには「パン屋を確認した」とあるのだが、記憶が定かでなくなっている。パウンドがヴェネツィアで最初に住処とした所は、私の「記憶の宿る所」(dove sta memoria)に、残らなかったようである。

パウンドは一九〇八年に書き溜めたものを『ヴェネツィアのスケッチブック――「サン・トロヴァーソー」』(*A Venetian Sketch-Book San Trovaso*)と名付け、その中から厳選した詩をもとに第二詩集『今年の降誕祭の半月』(*A Quinzaine for this Yule*)を出版した。第一詩集はすでにアメリカで書いた詩をヴェネツィアで出版したものだったのに対して、この詩集はまさにパウンドが、ヴェネツィアにおいて、ひとりの詩人として新たな人生を歩き始めた証となろう。冒頭の詩「前奏曲――オニ・サンティを臨んで」("Prelude: Over the Ognisanti")の結びに美と対峙する己の姿が描かれている。

我、また、燕と夕陽をもてり
然して眼下に命溢れん
　水際の庭に
さては、さざ波立つマンドリンの音色に合わせんとす
歌の影　ここに漂わん、水飛沫
しばし空しき広間で在りし我が心に
歌の影、再びこだませんを
我、書き綴りて、見いだせり

夏の六月から八月までの二カ月を住まいとした下宿からパウンドはひとり、静かに運河を見下ろ

している。若き詩人の手によるこの詩は、後年の『詩篇』の詩句とは異なり、若者らしく甘くロマンティックで耽美的で、伝統的な詩型を用いていて、出発点に立ったパウンドの姿が感じられる。夕刻、窓から南西オニ・サンティ川を臨むと夕日に照らされた空に燕が自由に飛び交う。目を下にやると、ナニ桟橋には人々が颯爽と行き交う。その情景のなか、ゴンドラからだろうか、桟橋からだろうか、マンドリンの音色に合せた歌声が聞こえる。運河の水は風にそよぎ、櫂や船、桟橋、建物に跳ね当たり、さざ波立つ。マンドリンが細かにさざめく波のような音色を奏でる。マンドリンの調べに合わせた歌声も、直接的な強い音で詩人の耳や心に達するのではなく、ヴェネツィアの水や光や空気が含まれた馥郁《ふくいく》とした影のように、耳と心に忍び込み、空虚だった心(「空しき広間」)にヴェネツィアの美が満たされ、再生する。ヴェネツィアの光、水、歌、鳥が交錯し融け合った「美」が、母国アメリカの偏狭さと相容れず、空虚な心で独りヴェネツィアを訪れたパウンドを蘇生させる。ヴェネツィアという街全体が若きパウンドに息吹を与え、新たな住処に象徴的なイメージを与える。パウンドが住んだ最初の下宿が、私の心にそれほど残っていなかったのは、この二軒目の下宿のように詩に描かれていなかったからだと思い至る。二軒目の住処については、パウンドの詩の言葉が、読み手である私の「記憶の宿る所」となって心に刻まれ、鮮明な記憶となって留まっていたのだ。

ピサで囚われの身となったパウンドの心は、四十年近い時を越えて、ヴェネツィア、「オニ・サンティ川を臨む」所に回帰する。

さて、我が窓は
ゴンドラ修理場《スクエロ》を見渡し、オニ・サンティが
サン・トロヴァーソに出逢いしところ

「詩篇七六」

この下宿は、当時とまったく姿を変えることなく、一方に塀で囲まれた庭を臨み、もう一方をサン・トロヴァーソ川とオニ・サンティ川という小さな二本の運河が交差する角を眼下に臨む場所にある。運河に面した窓のひとつからは、サン・トロヴァーソ川とその川と同じ名をもつサン・トロヴァーソ教会、もう一方の窓からはオニ・サンティ川と、さらに向こうには、ジュデッカ運河越しにジュデッカ島が見える、見晴らしのいい場所であった。

パウンド以前の文学者の作品において、ヴェネツィアを支配するイメージは死、頽廃、爛熟、崩れ行く美であることが多い。トマス・マンの『ヴェニスに死す』や、ヘンリー・ジェイムズの『アスパンの恋文』、『鳩の翼』では、主たる登場人物がまさしく死んでしまう。『ヴェネツィアの石』にしろ、崩れ去るヴェネツィアの姿を書き留めておかなければとの思いがラスキンの筆を駆り立てた。ところが、過去の文学者の作品を意識するパウンドであるにもかかわらず、一九〇八年に書かれた、また、一九〇八年を思って書かれた詩には、死や頽廃は強調されていない。光きらめく、神話的楽園のイメージに満ちている。人生について悩み、模索し、貧しかったとはいえ、ヴェネツィ

アはパウンドに光や生きる力を与える場所だった。下宿からの眺めは、まさに生命の美しさや力を与えてくれるものだった。

二運河が交差する所にある「スクエロ」は、十七世紀以来、現在に至るまでゴンドラ修理場、置き場として使われてきている。六世紀のスクエロに倣って創られた、現存するヴェネツィア最古のものである。ゴンドラから聞こえてくる歌声に心を漂わせ、ゴンドラの修理場を見下ろし、でも貧しくてゴンドラには乗れなかった若きパウンドは、生活の糧を得る為にゴンドラ乗りになろうとしたが、あまりに難しくてすぐに挫折したともいう。ヴェネツィアのイメージと直結するゴンドラが、若きパウンドの人生と交錯する。

二〇一四年六月に訪れた夕刻、無数のさざ波立つ運河を、夕陽が金、橙、薔薇、銀と様々な色にきらめかせ、あたり全体が優しい光の中に輝いていた。スクエロにオレンジの光がふた筋差し込み、さらに、空に輝く太陽とオニ・サンティに写るまばゆい光が燦然ときらめき、光と水が交錯する、この世のものではないような妙なる世界を展開している。でも、ここは地上の世界だ。人間の生命に溢れている。サン・トロヴァーソ川沿いのフォンダメンタ・ナニには、ひしめくようにカフェやレストランが並び、ワインやビール片手に、週末の夕暮れを楽しむ人びとが満ちあふれていた。ここは日常の中で、命を謳歌できる、特別な時が広がる場所なのだ。

サン・トロヴァーソ教会はその歴史を九世紀に遡ることができる。また、このあたりは比較的高い場所であったことから、人が住み着くのが早く、地域としての長い歴史を持っている。スクエロもここに長く位置し、ヴェネツィアを象徴するゴンドラの製造・修理を司っている。ヴェネツィアの歴史を刻む土地に今も日常が息づく。この場所には、時や人の営みが古代の羊皮紙パリムプセストに重ね書きされるように重なりあっている。

二十年前の夏の午後、私はこの近隣の歴史も、スクエロとパウンドの縁も知らず、歩いていた。老人がイタリア語で話しかけて来る。イタリア語をほとんど解さない私は、老人の意図が、なかなかわからなかった。やっとのことで、ここは大切な場所だから写真を撮れと老人が言っていると、とうとう理解した。さらに、ゴンドラを修理している、あるいは造っている場所だということも。そして、パウンドとの繋がりは全く理解しないままに、人のいい老人の薦めに従って写真を撮った。ヴェネツィアの地の神様は、小さな小路や運河に人を迷わせるかと思うと、このような夢のような出逢いを届けてくれる。

税関の石段に腰かけし
かの年、ゴンドラ、高すぎしゆえ
然して「かの乙女たち」あらず、面一つのみあり、
然して二〇ヤード彼方、ブチェントロ・クラブより「強き抱擁《stretti》を」の歌声、
然して彼の年、モロシーニ広場にて大梁照灯
然して娘《kore》の館に孔雀、さもありなんや

神々蒼空を浮遊す。

「詩篇三」

ドーチュドロ地区の東の突端あって、行き交う船と人びとを監視するかのようにどっしりと立つ「税関」、プンタ・デッラ・ドガーナからは、サン・マルコ広場、サン・ジョルジョ・マジョーレ教会、ジュデッカ島の三方を広々と見渡せる。「かの年」一九〇八年、春から夏にかけて海、潟、運河からの心地よい風を受けて、三方を見渡す「石段」に座っていたパウンド。時にはサン・マルコ側から、何世紀も総督の船だった「ブチェントロ」と同名のクラブからヴェネツィアの伝統的な歌が風に運ばれてくる。ヴェネツィアに住まう作家・政治家ガブリエル・ダヌンツィオの作品を思いつつ、神々が浮遊する世界へと心が漂う。

パウンドはアメリカの文芸誌『ダイアル』ヨーロッパ特派員として「パリからの手紙」を連載し、ヨーロッパの文芸事情をアメリカに伝えていた。「娘《kore》の館に孔雀」は、一九二二年十一月号にダヌンツィオの詩「夜想曲」(*Notturno*)の一部を、パウンドが英訳して掲載した詩句そのままである。また、デメーテルの娘(「コレー」はギリシャ語で娘の意味)で、毎年、半年を地上で、半年を地下世界の王ハーデースの妻として地中で生活したペルセポネーは、パウンドお気に入りの神話上の女性で、闇と光の世界を行き来するイメージ、また穀物の年ごとの再生と豊穣のイメージがパウンドを惹き付けていた。このペルセポネーが、この時点ですでにパウンドの心を捕らえている。ヴェネツィアで身につけたことは、彼にとっての宝物となっているのだ。

ダヌンツィオに関しては、ヘミングウェイの章にヘミングェイの目を通して描かれると同時に、ヘミングウェイのダヌンツィオに関するアンビヴァレントな思いが、詳しく述べられている。パウンドもダヌンツィオについて同様の感覚を抱いていると思われる。パウンドの第一詩集の題名「消えた灯」という表現と全く同じ詩句が、ダヌンツィオの「おやすみ坊や」(*Ninna nanna*)に見いだせる。パウンドはダヌンツィオのこの作品について言及してはいないのだが。『詩篇』の中にもダヌンツィオに関する逸話が散在し、このヴェネツィアと関わりの深い文学者・政治家のことをパウンドは意識していた。『詩篇』内に、パウンドが一時期マネージャーを務めていたピアニスト、キャサリーン・ヘイマンの以下のような挿話が謳われる。

ダヌンツィオはここに住んでたの?

アメリカのご婦人K・H言えり。

「知りませんや」と老いたヴェネツィアン言いし。

「詩篇七六」

ヘミングウェイの章で引用される部分との共通点が感じられ、ダヌンツィオを通じて、ヘミングウェイのパウンドへのオマージュを感じてしまうのは、うがち過ぎだろうか。

芸術音楽を理解する君主だからとムッソリーニやジギスムンド・マラテスタを高く評価するパウンドが、音楽を統治の最高原理としたフィーウメ共和国を作り上げたダヌンツィオに惹き付けられないはずはない。ただ、ヘミングウェイのダヌンツィオに対するアンビヴァレントな思いと同じように、パウンドもまたダヌンツィオに関しては、一筋縄でいかない、全面的に受け容れるのでもなく全面的に否定するのでもない複雑な思いを抱いていたと思われる。

また、「詩篇三」の引用部最終行は、人生の最後に至るまで、さらに発展させられる楽園のイメージの原型と言える。初期の詩篇に描かれた原型的楽園イメージがヴェネツィアと結びつけられているのだ。

さて、このように若きパウンドに重要な顔を見せたヴェネツィアはどのような地であったのか、詳しく辿ってみよう。

第二章　秘密の巣

パウンドには五十年にわたって恋人でありパートナーであり続けた女性がいた。オルガ・ラッジである。パウンドと出逢った時にオルガはすでにヨーロッパでヴァイオリストとして活躍していた。出身はアメリカ、オハイオ州だ。ふたりの接点は、一九二〇年十一月ロンドン、イオニアン・ホールでのオルガの演奏について、パウンドが「繊細な堅固さをもつ」とのコンサート評を『ニュー・エイジ』誌に載せた時に初めて見られる。ふたりが個人的に親しくなったのは、一九二三年パリ、ナタリー・バーニーの芸術家サロンにおいてであった。

一九二八年、オルガはヴェネツィアに家を購入し、パリを離れた。新居はドルチュオーソ地区のケレーニ通り《カーレ》二五二番地にあり、パウンドはこの家を「秘密の巣」と呼び、愛情に支えられ、想像力と創造力を溢れ出すことの出来る、ヴェネツィアにおける住処とした。

パウンドが妻ドロシーへの愛情を持ち続けたこともあり、パウンド、オルガ、ドロシー、三者の確執は実に四十年にわたって続いた。一九二五年以後パウンドはドロシーとの住居を北イタリア、ラパッロに定め、この「公式」の本拠地を持つと同時に、ヴェネツィアでの滞在も長期に渡った。一九六一年、パウンドより一歳年下のドロシーが、もはや高齢の自分の手に負えないと、九歳年下のオルガにパウンドを托し、パウンドが一九七二年に亡くなるまでの最期の十一年間をオルガと過ごした家がここだ。オルガは、音楽家として自立した人生を送りながら、パウンドとの愛情関係を確実に育んでいたが、ドロシーが介在する長い時間が精神に与えて来た苦痛から解放された際の喜びは測り知れないものだった。

今回の旅でヴェネツィア到着直後、まず目指したのはこのふたりの「秘密の巣」と謳われた家である。

サン・ヴィオ広場を背に東へ、建物の間を小径と小さな運河が織り成す迷路を辿る。目指す地点まで遠くはないはずなのに、何度か角を曲がり、いくつか橋を渡り、小径の壁に刻まれた小さな聖母子像の祠を一体、いくつくらい通り過ぎただろう。圧倒的に多い聖母子像に混じって、様々な聖人も建物に彫り込まれている。私には聖人の名を言い当てるだけの知識はなく、ただ、ヴェネツィアの人びとの信仰心の篤さに感銘を受ける。

「どうやってあんな所に花を供えるのだろう」とふと見上げてしまう頭上高くに、色とりどりの花が捧げられている。ふと、故郷の京都に思いが馳せる。どこか幼い頃から日々街角で出逢うお地蔵さんに似ているのだ。

「お地蔵さんが、いつも見てくれたはる」と子ども心に肌で感じていた。今でも、思わず頭を下げて挨拶してしまう。ヴェネツィアの人びとにとってこれらの祠は、私にとってのお地蔵さんの祠のように、身近で親しく見守ってくれる存在なのだろう。

信仰が日々の営みの一部としてこの地に根付いている。目立つことなく建物に寄り添うマリアとキリストと聖人たち。捧げられた花がやさしい色を添える。時の経過により生み出される微妙に異なる色彩の石に、ある所では光があたり、ある所は影になり、変奏曲が奏でられる。そこに小さな花々が無数の装飾音を加えている。ヴェネツィアの街角で見かける大小の教会を含む「祠」は、まさにヨーロッパとオリエントを結ぶ接点にあって交易の拠点として栄華を誇ると同時に、たえず存亡の危機に直面して来た長い歴史の背後に、深いキリスト教信仰を支えるものとして、人びとの心の支えになっていたのだろう。

終生、パウンドは特定の宗教にこだわることはなく、詩にはとりたててキリスト教的と思えるものは見えてこない。既存の特定の宗教への傾倒はないが、その詩に見られる自然への畏怖、また、「地上楽園」を支える哲学、また知的・感覚的活動、芸術の祠への畏敬は宗教的と言っていいほどだ。また『詩篇』は諸民族の神話や神々に満ちていて、そこには宗教の源泉的なものが展開している。ヴェネツィアの街角では巨大な教会からこういった小さなものまで、数限りない祠に出逢う。どこにいても、キリスト教が空気のように取り巻いているが、この街は信仰を無理矢理に強制してくることはない。どのような信仰も受け容れる空気をもつこの街に、パウンドは心地よさを感じたのかもしれない。これも街のいたるところに社寺がありながら、どの宗派も押し付けがましくなく同居している京都の空気感に似ている。

祠だけではなく、花は窓辺からも小径を可憐に彩っている。絢爛華麗なものではなく、小鉢に入れられた花や草木が自生した山野草のように、さりげなく街に色を添える。また、塀の向こうに密やかに存在する庭から、木々の枝や葉が、塀を乗り越えてくる。水辺から大理石の森が生え出るヴェネツィアに、街路樹や森林はないが、街のそこここに、小さな緑や花々が満ちている。

迷路を辿り「秘密の巣」へ向かっていると「治る見込みのない(incrabilli)」という名のついた小径や建物が目につく。ここにはかつて「治る見込みのない病院」があったのだ。なんという命名。今も確かに、病院と言うより収容施設のような建物が塀の向こうにある。医療の進歩にともなって、治療可能な病気が増えている。しかし過去は治療不可能な病気が多く、特にここヴェネツィアでは、迷路を病原菌に満ちた空気が漂い、運河を淀んだ水が巡り、病が蔓延し、治る見込みのない病気が命を奪い続けたことだろう。『ヴェニスに死す』のペスト、結核、チフス。

この場所で「治る見込みのない」という名に取り憑かれたのが、ロシア出身でアメリカに移住、ノーベル文学賞も受賞したユダヤ人の詩人ヨシフ・ブロツキーと須賀敦子だ。須賀によると、この病院に収容されていたのは、死に至る病のなかでも、なんと梅毒に冒された娼婦たちだったという。後に建物は、非行少女の更生施設となった。ヴェネツィアの歴史に内包された闇の部分、特に女性にとっての闇を象徴している場所だったのだ。

入り組む小径を辿り、その哀しく忌まわしい歴史に、ヴェネツィアが内在する暗い運命の一端を思い巡らせていると、夏の夕暮れの光に明るく照らされたザッテレ桟橋が唐突に目の前に現れた。一五七六年、ペストというこれまた恐ろしい病の治癒を感謝するために建てられた、健康を象徴するかの如くに白く輝くレデントーレ教会からの光が、ジュデッカ運河を越えて、清める、いや、消毒するかのようにインクラビリ病院を照らす。光はやるせない思いをほんのすこし和らげる。

ザッテレ桟橋はパウンドが晩年、好んで散策したところである。ヘミングウェイの章に詳しく述べられる、アドリアーナ・イヴァンチッチの兄、ジアフランコ・イヴァンチッチが編集した『イタリアのエズラ・パウンド――『ピサ詩篇』から』というパウンド晩年の姿をおさめた写真集がある。パウンド自筆の『ピサ詩篇』からの抜粋とその詩句に似合った白黒の写真がおさめられた珠玉の写真集である。学会初日の講演で、弟ジャコモ・イヴァンチッチが、「兄ジアフランコはパウンドとは大いに気が合ったようです」と言っていた。それが結実した写真集だ。その写真集の中、老いたオルガとパウンドが静かなザッテレ桟橋を歩く後ろ姿を遠景に捉えた白黒写真が私の心に焼きついていて、それが二重写しに見えてくる。曇り空、冬の寒々とした空気のなか、ザッテレ桟橋に寄り添う老カップル。

対して今は明るい夏の夕暮れ。私は交錯する時のなか、時おり波が打ちあげる桟橋を東へと歩き、突端から二筋手前の小さな運河、リオ・デラ・フォーナチェを北に入ればよかったのに、曲がり角を何度も逃して突端に出てしまう。檻に囚われた獣のように、短い距離を行ったり来たり。ついに栈橋から折れて川に沿って歩くとすぐ右手に細い小路、カーレ・ケレーニが現れる。曲がるとすぐに二五二番地。家はやさしいテラコッタ色の、こじんまりした三階建てだ。秘めやかに、細い小径に控えめに佇んでいる様子が、パウンドが hidden nest、隠された巣、秘密の巣、隠れ家と呼んだのにふさわしい。表札に 252 Rudge と愛らしい手書き文字で書かれている。表札のあまりの素朴さに呆然と、見上げると、対照的に堂々とした銘板が貼られている。

IN UN MAI SPENTO AMORE PER VENEZIA
EZRA POUND
TITANO DELLA POESIA
QUESTA CASA ABITO' PER MEZZO SECOLO
COMUNE DI VENEZIA

「ヴェネツィアを愛した詩の巨人エズラ・パウンド、この家に半世紀住みし。ヴェネツィア市」。古今、名だたる芸術家が逗留したヴェネツィアの街がパウンドを大詩人と呼び、その大詩人がこの街に住んだことを公に慈しんでいるとは感慨深い。イタリアにおけるパウンドのもうひとつの拠点ラパッロのことを思い出す。

しばし、ヴェネツィアから少し南西の街に目を移したい。パウンドは、一九二四年にパリを出て、一九四五年パルティザンに捕まるまで、妻ドロシーとラパッロに住まいを定めた。その海岸の街ラパッロから坂を登ると、サンタンブロージオという丘の街がある。そこのオリーヴ農家にオルガが間借りしたことから、毎日午前の仕事をラパッロで終えたパウンドが、午後坂を登り通っていた。戦況が悪化するとこのオルガの住まいに、ドロシーとパウンドが転がり込まざるをえなくなり、その時の住居内の緊張感は想像を絶するものだ。そのオルガの住まいに沿った小道にパウンドの名が付けられている。二十年前訪れた際、その通りの名前に驚かされた。ヴェネツィアにしろ、ラパッロにしろ、パウンドは愛するイタリアに受け容れられ、その地の一部となっている。

ヴェネツィアに戻ろう。小路カーレ・ケレーニは、短い袋小路で、突き当たりには扉があり、塀越しに緑豊かな庭が見える。ストラヴィンスキーが住んでいた家である。ヴァイオリニスト、オルガ、詩における音楽を追求したパウンドとオルガは、大作曲家ストラヴィンスキーとの交流もあった。住まいの大きさの差はともあれ、これほど近くに互いに居を構えていたのだ。

そんな記憶を心に浮かべながら二五二番地の前に佇んでいると、一階の小さなガラス窓のなかに黄色い光が光っているのに気づいた。人の気配がし、声が聞こえる。誰かが中にいる。迷った。ザッテレ桟橋には光が煌煌と照っていたが、そこからリオに沿って北に向かい、さらにより細い小径を東に入り、日もかげっていた。仄かな金色の光が誘っているようでもあったが、あまりに密やかな光に、ドアをノックするのははばかれた。後日、学会の運営を担っていたヴェネツィア大学のロゼッラ・マモリ・ゾルジに、なにげなくこのことを話題にした。

「メアリーがいたのよ。あなたたちが訪れた翌日ヴェネツィアを発ったのだから」とロゼッタが応えた。

しまった。声をかけてみるのだった。オルガとパウンドの間に生まれた娘、メアリー・ラケヴィルッツがいたのだ。二十年前の記憶が蘇る。ひとりで歩き回り、同じケレーニの名を持つ異なる通りに入り込むなどの間違いを繰り返した結果、この場所を見つけた。家の中に人の気配がした。扉の向こうにオルガがいるのだと、ドキドキした。当時、私はオルガに一種あこがれの感情を抱き、彼女の強さを尊敬していた。あこがれの人に会いたい気持があるものの、パウンドの死後、二十年以上も隠れ家を守る九九歳の女性の日常を侵害することは許されない気がした。

二年後、彼女は亡くなった。一度は会いたかったとの思いはあるが、ドア越しに感じるだけで十分だったと今は思える。それに、一九九四年には、オルガはメアリーの嫁ぎ先であるラケヴィルッツ家の屋敷である、チロル地方ブルネンブルク城に引き取られていたかもしれなく、家にいたのは、別人だったかもしれない。あの時オルガがいたのだと思っておけば、仄かな光が私の心の中でも灯り続けることができる。ただし今回は、やはりパウンドとオルガが生活し、『詩篇』のなかで読まれたこの隠れ家、また、そこにあった「もの」の、空気を感じておきたかった。

秘密の巣、タミの夢、厚い板で綴じられし
偉大なるオヴィデウス、そして浮き彫りイゾッタ　「詩篇七六」

秘密の巣にあったこの三品に、捕われの身パウンドの心が、ピサから帰りゆく。詩の中で、三つの「もの」は淡々と並列されているだけだが、ひとつひとつに思い入れ深い意味が含まれている。まず「タミの夢」。「タミ」は、ヘミングウェイとの関係で今村が詳しく調べた研究がある。「タミ」とは、一九一〇年代ロンドンおよび一九二〇年代パリにあって、パウンドが高く評価していた日本人画家、久米民十郎のことである。パウンドがパリの住まいで久米の個展を開いたり、久米がパリの日本庭園でのガーデンパーティにオルガをエスコートしたりと付き合いは深かった。ヘミングウェイはパリのパウンド宅での個展に招待され、久米との交流があったばかりか、久米の作品を数点、所有していた。

幼い頃から能楽に親しんでいた久米は、パウンドに能狂言に関する情報を教授した人物でもあった。一時帰国し、翌日ヨーロッパに向かうために横浜グランドホテルで朝食を摂っていた最中に、関東大震災に遭遇し、崩壊した建物の下敷きになり亡くなってしまった。久米の突然の死はパウンドにとって大きな衝撃であり、打撃だった。当時カナダにいたヘミングウェイは震災数日後に、パウンドに宛てて、久米の安否を案ずる手紙を出している。

この詩篇に謳われている「タミの夢」と名付けられた絵画は、幼い頃に目にしたメアリーの記憶では、灰色で何が描いてあるのか判らない巨大な絵だったという。「霊媒派」と日本で呼ばれていた久米ならではの作品だったと想像できる。カーレ・ケレーニの家の壁一面を飾っていたその絵は、まさにパウンドとオルガにとっての画家、久米民十郎の存在の大きさを物語っている。残念ながら、この絵は第二次世界大戦中、この家が敵国民の所有物として没収されていた間に、消えてしまった。一説によれば、巨大な絵画だった「タミの夢」は画布としていくつもに裁断され、物資乏しきイタリアにあって画家たちに分配されたという。

パウンドの心に刻み込まれている三つの大切なもののうち、もうひとつ没収されたのが、パウンドがヴェネツィアの古書店で見つけて木製カバーをつけた、オヴィデウスの『祭暦』である。パウンドにとってオヴィデウスは偉大な先人であり、その『変身譚』は『詩篇』のそこここに用られ、また、すでに述べたように、変容(metamorphosis)はパウンド、特に『ピサ詩篇』の世界観の根幹をなすものであった。

三品のうち唯一、オルガとパウンドの手元に残ったのが、「イゾッタの浮き彫り」である。イゾッタとは、ヴェネツィアの二百キロ南に位置するリミニのルネッサンス時代の軍事専制君主で、パウンドが民を豊かにする政策をとり芸術を尊重する理想の君主と見なした、ジギスムント・マラテスタの三番目の妻で、その強い愛情をうけたイゾッタ・デリ・アッティのことである。「イゾッタの浮き彫り」とは、彼女の上半身が大理石にレリーフで彫り込まれているものである。このレリーフを、パウンドは壁にセメント付けをした。戦後、家がオルガの手に戻った時にこれだけはそのまま残っていた。

これまでも述べているように、パウンドは、人の世は「道」(process)の流れに沿って変化するのが常であり、それが「地上楽園」の姿であると身をもって感じている。ところが、その変化のなかでも、普遍・不変の価値をもった芸術、文学、思想があり、それは古代から脈々と受け継がれるべきものであり、時の流れの最後の先端にいる自分たちはその高度な伝統を継承すべきだ、ただし、古いままの伝統ではなく現代にふさわしい新しい形の芸術を生み出さなければならないという信念をもっていた。「日日新」(Make it new.)はパウンドお気に入りの言葉で、この漢字「日日新」を染め抜いた深紅のスカーフをパリ時代のパウンドは愛用していた。この三つの「もの」は、それぞれに、その伝統の流れのなかでパウンドが高く評価した高度な芸術、文学、思想が表出された「もの」なのだ。

メアリー・ラケヴィルツの回想録『思慮分別』(*Discretions*)の中で私が心惹かれた「もの」をさらに三つあげよう。それらはいずれもメアリーの心を魅了したものである。ひとつは、厳しく美しい母オルガの部屋の「ドアにかけられていた、それまで見たことがないほど美しいドレス」で、これは後に日本の着物だとわかる。ふたつ目は、「背が低く長い本棚に置かれていた、藁編みと黒塗りの二足の奇妙な靴」で、これも後に日本のものだとわかるので、草履か下駄である。そして最後が、「同じ棚に置かれ、オルガがダヌンツィオから贈呈された、宝石が嵌め込まれた銀製の鳥の置物」である。パウンドは、アーネスト・フェノロサの遺稿をフェノロサ未亡人メアリー・フェノロサに託されたことにより、日本の能楽や俳句、そして日本人の目を通した漢詩に、詩的想像力をかき立てられ、その創作の原動力に日本の文化芸術が寄与している。このように「日本」が想像力の底流の一部となっているパウンド。そのパウンドが愛する街で愛する人と過ごした大切な空間で、久米民十郎の作品、着物、下駄・草履という日本のものがどのように存在していたのかは、やはり日本人としては気になる（オルガは、本人の希望により、若き日の恋人、英国人エガルトン・グレイが日本から持ち帰った着物に包まれて、埋葬された）。また、ダヌンツィオについては、前章に述べたように、パウンドは一定の評価をしていた。オルガがダヌンツィオに夕食に招かれた際に贈呈され大切にしていたこの鳥を、パウンドも尊重していたことは想像に難くない。

チロル地方の山間の村ガイスで育てられ、里親の元から、時折実の母オルガの洗練されたヴェネツィアの部屋を訪れる少女であったメアリーも八九歳である。ヴェネツィアを私とともに散策していた今村楯夫と高野泰志は、四年前国際ヘミングウェイ学会がスイス、ローザンヌで開催された際に、車で十時間かけてはるばるイタリアのチロル地方にあるブルネンブルク城にメアリーを訪問し、ふたりはそこで久米民十郎が遺した一枚の小さな絵画が壁にかかっているのを目にした。

しかしパウンドとオルガの「秘密の巣」の前に立ちながら、ドアを叩くことを躊躇ったために、ヴェネツィアでの再会の機会を逸したのだ。失われた機会は戻らない。すべては「プロセス」に従い流れ行く。「全ては流れ行く」を意味する、古代ギリシャの哲学者ヘラクリトスの言葉「パンタレイ」も、「道」「プロセス」と同時に『ピサ詩篇』に繰り返されるモティーフである。無常観と川の流れ。『方丈記』の「行く川の流れは絶えずして、しかももとの水にあらず」が心に浮かび、鴨長明の「方丈」近く流れる宇治川や、鴨長明に縁の下鴨神社近くの鴨川の流れが、私の心の中で、ギリシャの言葉に重なり合う。

「全ては流れ行く」がゆえに移り来る厳しい状況を体験していたピサでの絶唱、エレジーにおいてパウンドの心に去来するヴェネツィアの地の数々が詩句に列挙される。

ジュデッカ、再び目にせん?
　もしくは、かの地へ差しこむ光を、フォスカリ館、ジュスティニアン館、
もしくは、デズデモーナの館と呼ばれしところ
もしくは、ふたつの塔、そこに糸杉もはや生えず
　　もしくはザッテレ桟橋に停まる船
もしくはセンサリアの北桟橋　涙　涙

「詩篇八三」

大運河沿いの館(Ca)も列挙されるが、やはり、日常、対岸に見ていたジュデッカ、そしてそこにあたる光や、日々歩いていたザッテレ桟橋がパウンドの脳裏に浮かぶ。再度見ることができるだろうかとの問いは、獄死や死刑を思ってのことであろう。感情を表す言葉が用いられていないので余計に、ヴェネツィアに戻りたいという思いが強く読む者の胸を突き刺す。引用の最後は「泣く」という哀しみの表出が、原文ではギリシャ語で書かれ、母語ではない言語による異化効果により、感情を直接吐露することが避けられている。抑制された表現が、感情の核心を貫く。
これこそ、まさに「記憶の住処」(dove sta memoria)を表しているのだが、記憶が住まう所は同時

に愛情が住まう所でもある。

要は
愛の中身のみ――
ついには――心に刻まれん
記憶の住処

「詩篇七六」

パウンドの心に刻み込まれるのは、愛した場所、愛したもの、愛した人であり、そこへ心は帰り、それが詩句となる。その愛した場所のなかでもヴェネツィア、そのなかでも愛着を覚える場所が、先ほどの『詩篇』の一部のように、具体的にあげられる。愛についてさらに明確に歌い上げる。

空は澄み
夜の海
山の池の緑
半ば覆われた空間に、覆われざる目より光差せり
汝深く愛すもの　留まれり、
あとは残滓

汝深く愛するもの　汝より奪われず
汝深く愛するもの　汝の真の遺産
誰の世界？　我のもの、彼らのもの
　　　　　　さもなくば、誰のものでもないのか？
まず、目に見ゆるもの来たり、続き、かく触れうるもの来たる。
　理想郷、地獄の広間にあれども、
汝深く愛するもの　汝の真の遺産
汝深く愛するもの　汝より奪われず

「詩篇八一」

ここでは、「地獄の広間」である収容所にあっても、ふたつのことがパウンドを「理想郷」(Elysium)に導いている。ひとつは、収容所からパウンドが目にしている自然で、引用最初の四行に表されている。天幕で「半ば覆われた」檻の中にいるパウンドに、何にも「覆われざる目」、つまり曇りのない太陽の光が差し込む。ピサの自然をこの目で見て、その心に安らぎを与えるものが、心に刻み込まれる。ここで、もうひとつの大切なものについて詩人は声を大にして謳い上げる。それは、心のなかに存在し続ける、愛したものの記憶は奪われることないということなのだ。心に刻み込まれたその記憶から「地上楽園」(*paradiso terrestre*)を創り出せると、パウンドは謳う。それは自らの中に刻み込まれた遺産でもあり、作品となれば、未来われわれ全てのものの遺産となって行く。自然や世界も、誰のものでもなく皆のものであるように、パウンドの手から離れ、全人類のものになる。

オルガとパウンドが力を合わせて、人類の遺産に付け加えたもののひとつに、ヴェネツィアの作曲家アントニオ・ヴィヴァルディの再発見がある。それはふたりが企画し、実施するコンサートにより広められていった。ヴィヴァルディは今では、世界中で演奏され、多くの人びとに親しまれている作曲家であるが、当時はほとんど忘れ去られていた。ヴィヴァルディは生前ヴェネツィアで「赤毛の司祭」と親しまれ、スキアヴォーニ桟橋で、真白な大理石のファサードを海に向けて立つピエタ教会で、自らが作曲した曲のコンサートを次々に行っていた。そのため、ピエタ教会は演奏会でよく知られるようになった。しかしいつしか人びとから忘れ去れ、埋もれてしまった、その楽譜をパウンドとオルガはフィレンツェの図書館などに赴いて、三三〇曲以上を掘り起こし、積極的にコンサート活動を行い、その結果、ヴィヴァルディは復活した。今もヴェネツィアの教会やホールでは、日常的にヴィヴァルディは演奏され続けている。

毎朝、学会開催中に宿舎としていたアパート近くのサン・トーマの船着き場から大運河をサン・マルコまでヴァポレットに揺られ、一旦サン・マルコ船着き場で下船。サン・セルヴォロ島に向かうヴァポレットの停泊所へは、その船着き場からスキアヴォーニ桟橋を数分歩かなければならなかった。海風に吹かれながら、ほんの少しだが、さわやかな朝の散歩をする時、ピエタ教会の前を通り過ぎる。ピエタ教会には、ヴィヴァルディのコンサート案内がその正面を覆いつくす垂れ幕でかけられていた。パウンドとオルガが、ふたりで育んできた音楽が、ふたりがいなくなった今もヴェネツィアの人びとに愛され引き継がれ、「汝深く愛するもの　留まれり」の詩行が生きている。また、毎日学会を終え、サン・セルヴォロ島から本島へ戻る時、スキアヴォーニ桟橋へとヴァポレットが近づくと、ピエタ教会が明るい顔を海に向けて迎えてくれた。毎朝夕、パウンドとオルガが再発見したことに思いを馳せ、心が晴れやかになってゆくのを覚えた。

ヴェネツィアと音楽と言えば、一七九二年に開場された「不死鳥」フェニーチェ劇場については一言、言及しておかなければならないだろう。ここでは、ヴィヴァルディの作品が幾多初演され、ストラヴィンスキーのオペラさらには、ヴェルディの『椿姫』、『リゴレット』やベンジャミン・ブリテンによる、ヘンリー・ジェイムズの小説『ねじの回転』オペラ版など、数々の名作が初演されている。ヴェネツィアの音楽を背負って来たこの劇場は、一八三六年と一九九六年と二度の火災によって焼失している。そうなのだ、私が前回ヴェネツィアを訪問した時と今回は異なった建物になっていたのだ。十九世紀の建造物は、ヴェネツィアの建物としては新しく、また、世界の名だたるオペラ劇場の巨大なファサードに比べて、小作りであるが、フェニーチェが世界の音楽に果たして来た重みを感じて、その白いファサードに思わず敬意を表して向い合った。さらに、こじんまりと、周りの建物と溶け合っているのも、ヴェネツィアの街と音楽が共存していることの証であり、ヴェネツィアの街の懐の深さを垣間みる思いであった。

今回ヴェネツィアを訪れる直前、京都市立芸術大学大学院音楽研究科の院生と、ロッシーニのオペラ『アルジェのイタリア女』成立事情をまとめた論考を読み、当時、ヴェネツィアの聴衆が、いかにオペラを聞く耳をもち合わせていたかに賛嘆の思いを抱いた。聴衆に受け容れられるか否かが、公演が継続するか、すぐに打ち切られるかの決定権をもち、高名な批評家が名だたる新聞に載せるオペラ評論も、それに比べれば効力をもたない。作曲家は、聴衆を満足させる術を知る劇場（フェニーチェ、サン・モイゼなど主要三劇場）興行主の要請に応える。近隣の大きな街フェラーラで成功したオペラでも、ヴェネツィアで再演するには、ヴェネツィアンの好みに合致するよう書き換えないと公演は出来なかった。

パウンドとオルガに戻ろう。ピサの収容所に入れられ、ヘミングウェイ、アーチボルド・マクリーシュ、T・S・エリオット、ロバート・フロストといった当時の最先端を行く文学者たちが、パウンドを牢獄から救い出そうとする尽力をした。ヘミングウェイたちは、パウンドが裁判に耐えられるだけの責任能力があると判断されれば、極刑に近いものが課せられるかもしれないとの判断のもと、精神病院に移管させるという方策を取る。おかげで、収容所や刑務所に比べれば、かなりの自由度が確保される、アメリカ、ワシントンD・C・郊外にある精神病院、聖エリザベス病院へ移管されることとなった。その後、一九五八年まで、つまりピサの収容所に入れられてから、十三年間も拘束されたのである。その十三年の間、オルガはほとんどパウンドと会う機会を与えられなかった。一九五八年、パウンドは法的権利を剥奪され、「エズラ・パウンド委員会」という実質上は妻ドロシーを指す委員会の管理下に置くことを条件で解放されたのである。解放後、ドロシーとパウンドは、直ぐにアメリカを離れ、まずはオルガとの間に生まれたメアリーのブルネンブルク城に落ち着いている。実の娘の元にも拘らず、オルガがパウンドに会えない状況は続いていた。

オルガは、パウンドが囚われの身であった間、ヴェネツィア、カーレ・ケレーニの「秘密の巣」を本拠地にパウンド解放のための尽力を惜しまなかった。オルガと同じように、パウンドのことを心の底から思い、尽力を惜しまなかったもうひとりの人物であるヘミングウェイとオルガの関係は複雑である。思いは同じなのに、ヘミングウェイは、オルガのことを快く思ったことがないようだ。パウンドの救出についてのやりとりを見ても残酷なまでに手厳しい。オルガ宛のヘミングウェイからの手紙の冒頭と最終部分に、その生々しさを見てみよう。

ここで、ヘミングウェイは、パウンドの放送については否定的な意見を述べているが、助けたいという友人としての気持ちに溢れている。そして「ラッジ嬢」(Miss Rudge)に対する反感の色調が全体を支配している。

ラッジ様、

この手紙は短く、また、あなたと同じくらい直裁に申し上げさせて頂きます。エズラのために、私が実際に何をしたのかとお尋ねですね。エズラが戦争中に行った放送(傍受)を入手しました——エズラは真の友人です、だから、エズラがどんな愚かなことをしでかしたのか知っておきたかったのです。知れば、必要な時に、助けに駆けつけることが出来るかもしれないと。放送は、時に見事に鋭い感性ときらめきを見せるものの、実に酷いものでした。ですから戦争が終わって、エズラが捕まれば、厄介なことになると思っていました。(中略)

私が王様か大統領なら、またたとえ師団長程度でも権限を持てるなら、エズラをたちまち許してやって、尻に蹴りを入れ、酒を一緒に飲もうと誘い、そして、頭を持ってるんなら使えよと言ってやりますね。でも、私は単なる一介の友だちにすぎず、エズラのために自分の頭を使うしかないのです。これで、あなたがご質問なさったのと同じくらい直裁に返事をさせていただいたと思います。さらに歯に衣着せぬ言い方をさせていただきますと、私はこれまでずっとドロシーのことに対して好感を抱いてきましたし、いまもそれは変わっておりません。

オルガが置かれていた状況を思うと、パウンドの大親友ヘミングウェイからこのような手紙を受け取り、深く心を傷つけられたことは想像に難くない。

オルガに対して、パウンドは長大な『詩篇』の最後に以下の詩句を配するよう、一九六六年八月二十四日書いている。

彼女の行為
　オルガの行為
　　美の行為なり

忘却すべからず。
その名は、勇気なりし
然してオルガと綴れり。

この詩行は
究極の詩篇のため

その間に
我何を書かんとも。

オルガはパウンド死後も、パウンドのために尽力する。オルガは伝道者のように、パウンドがファシストでも反ユダヤ主義者でもなかったと、人びとに語り続けた。パウンドがムッソリーニを賛美する反米放送を戦争中にローマ放送で行った事実は確かにある。また、銀行家やユダヤ人を、軍需産業の後押しをし、労働の代価ではなく、金から金を生み出すゲームをしている人びとと見なして、『詩篇』のなかで、「簒奪者」と非難していることも確かである。こうしたパウンドの言動を頭ごなしに否定する人たちが多く存在する。

ヨシフ・ブロツキーをスーザン・ソンタグとともに、「秘密の巣」に招いた時に、オルガは、パウンド擁護の言葉をまくしたてたようである。ブロツキーは、「有益な仕事につこうとしない寄生者」の罪で五年間の強制労働などを経て、一九七二年ソヴィエトから追放され、アメリカの大学に勤めることとなる。一九七二年から十七年の間、毎冬大学の休みをヴェネツィアで過ごした。その結晶と言える、『ウォーターマーク』(*Watermark*)と題された、散文詩で綴られたような随筆集がある。書名は「水位標、透かし模様」また「水につく印」など様々な意味が重なって、水と光と音と時が交錯するヴェネツィアの本質をついている。そのなかに、ブロツキーがオルガを訪ねた時のことが語られている。

オルガの声は、常に繰り返されているレコードのようにブロツキーには聞こえ、ブロツキーは彼女の声を耳から遮断してしまうほど、酷く悪印象をもってしまう。この訪問直後にブロツキーとソンタグは「不治の病栈橋」を歩く。この訪問の際にオルガに植えつけられた悪印象のために、「不治の病」という言葉が、ブロツキーの心の中で、オルガとパウンドに結びつけられてしまう。

先ほども紹介したが、須賀敦子も「治る見込みのない」という名に取り憑かれていた。その須賀敦子の手元にブロツキーの『治る見込みのない栈橋』というエッセイ集が送られて来る。『治る見込みのない栈橋』は『ウォーターマーク』の原本である。現行の『ウォーターマーク』と同じく、須賀が手にした冊子でも、ブロツキーのオルガ訪問を扱う章の直前に、ナチスによる冷酷極まりないリトアニアでの死刑執行の描写シーンを扱う章が配されている。ブロツキーもパウンドと同じく、解釈を加えず、事実を列挙する手法を取る。このふたつの章の繋がりについて、ブロツキーは一切の説明は加えていないが、須賀は言う。「作者はもしかしたらヒトのなかに根づいているファシスト的な性向の比喩として、「治る見込みのない病気」という言葉を引用したのではなかったのか」と。人間性全体に敷衍した須賀の指摘は尤もである。

ただ、オルガを訪問した章の中に、さりげなく「こともあろうか詩人ならば、ラッパロとリトアニアは、ほんの近くに存在していることを知っているべきだった」の一文があることに、私は注目したい。パウンドの大戦中における「公式の本拠地」ラパッロとナチスの残忍な行為が行われたリトアニアを結びつけていることから、私にはやはり、人間性全体に警鐘を鳴らしているというよりは、大戦中ファシスト放送を行い、反ユダヤ言動をしたパウンド、さらには、それを擁護するのに必死の老婦人オルガを、より直接的に批判していると思える。それを「秘密の本拠地」であるカーレ・ケレーニの秘密の巣のほんの近くに存在する「治る見込みのない桟橋」に含まれる「治る見込みのない」という言葉に托しているのではないだろうか。オルガ訪問の章はこのように締めくくられる。

わたしたちは、家を出て左に曲がった、そして二分後には、治る見込みのない桟橋に出ていた。

続く章は、

ああ、言語のもつ昔ながらの暗示力よ！　ああ、現実がもたらすことが出来る以上を意味することのできる言葉の伝説的な力よ！

と始まる。ソンターグと言えば、『隠喩としての病』の作者である。この章では「不治の病」と、言語が古来持つ「示唆性」つまりは隠喩性について述べられる。まさに、「治る見込みのない病」という言葉がもつ示唆的・暗示的意味、隠喩についてのお膳立てがなされているのだ。オルガは、哲学者ソンターグと詩人ブロツキーという、二十世紀を代表する、稀に見る鋭い知性と感性をもったふたりのユダヤ人が訪問して来たために、通常以上に身構えて、パウンド擁護の熱弁をふるったのではないか。

この高度な知性の持ち主であるユダヤ人男女による訪問のように、パウンドの死後、様々な人々が秘密の巣を訪れる。その中に、孤高にパウンド擁護し続ける老いたオルガに、上手く近づいて来た、英国人夫婦フィリップとジェイン・ライランズがいた。高齢のオルガと親しくなり、毎日オルガを訪問し、買い物など雑用も引受け、献身的に世話をした。そのうちに、「エズラ・パウンド基金」を設立するという企画を動かし始め、アルツハイマーの症状を呈し、時に判断力が衰えて来た九二歳のオルガに契約書を書かせ、オルガが所有する書物、書類、絵、写真、録音テープなどありとあらゆる資料を、微々たる金額で売却することに同意させたのである。オルガのヴェネツィアの友人が気づき、メアリーに知らせたため、大変な法的手続きを経た後、致命的な被害には至らなかったが、このような問題も彼女の周りには存在し始めていたのだ。オルガに接触してくる前、このライランズ夫妻は、最晩年のペギー・グッゲンハイムにも接触して取り入り、その結果、ペギー・グッゲンハイム美術館の運営を任されるにいたったのである。ライランズ夫妻の問題に関しては、ジャーナリスト、ジョン・ベレントが、フェニーチェ火災の日からヴェネツィアに滞在し、足を運んで取材を繰り返し完成させた『堕天使たちの街』(*The City of Falling Angels*)に詳しくまとめている。これが、私が一章で感じた、グッゲンハイム美術館に漂う「問題」の空気だったのだ。

さて、私たちはブロッキーの足取りとは逆に、先に「治る見込みのない桟橋」を通って来たので、「秘密の巣」を後にして、次には近隣のパウンドとオルガが日常を過ごしていた場所に足を向けた。カーレ・ケレーニからリオに戻る。小さな橋の向こうにパウンドが仕事場として借りていた家が見える。

メアリーによれば、パウンドは毎日、朝食を済ませた直後ここへ通い、昼食時に秘密の巣に戻って来たという。大好きな父「バッボ」の帰りをメアリーは、耳をすませて待っていた。ケレーニ通りに杖の音がするのに続いて、階下でガチャガチャという音、そして、「ミヤーオ」という大好きな「バッボ」の声、それに答える母。三階から飛び降りて来る娘。それから、父娘のサン・マルコへの楽しいお買い物。戻って来るとヴァイオリンの音。母のヴァイオリンを邪魔しないように昼食の準備をする父。反逆罪、死と隣り合わせの収容所や精神病院への幽閉、オルガとドロシーの確執などの葛藤に翻弄されたパウンドの人生のなかにも、このように穏やかでおとぎ話のような温もりのあるひと時の幸せがここにあったのだ。メアリーの心に残る「記憶が住まうところ」、パラディーゾ・テレストレ。

リオに沿って歩くとすぐに、こじんまりした、静かに時が刻まれてきたと感じさせる落ち着きを見せるホテル、アッラ・サルーテ・ダ・チチが右手に見えて来る。ここは、パウンドとオルガが、よく食事を取りに来ていたお気に入りの場所で、パウンドを訪問した客もここに滞在した。建物左手にある小さな庭を通りから覗いてみる。簡素な白いガーデンチェアと机。隣接するレストランの活気が、生け垣越しに漂って来る。夕食を摂る人たちで賑わう隣の庭と対照的に、ひっそりしている。ホテルの滞在者が朝食を摂ったり、くつろいだりするのに用いられているのだろう。この静かな場所がまさに、パウンドが一九六七年、ユダヤ人のビート詩人、アレン・ギンスバーグに、自らの反ユダヤ主義的発言を悔いて謝った場所なのだ。

「私の最大の間違いはあの愚かな反ユダヤの偏見だった」「この年になって、私は狂っていたのではなく、愚かだったのだと分かった」「もっとまともであるべきだったのに」。八十歳を越え、口数が極度に少なくなっていた老詩人の声が痛々しい。

ホテルに入ってみる。ほんのり暗く落ち着いた小さなロビー。フロントデスクで心地良い低い声で旅行者の対応を終えた男性に、食事が取れるのかと尋ねてみる。

「いいえ」

「以前は食事も出してられたんでしょ？」

このホテルの事情に少し通じている人物らしいと思われたのか、「そういう時期もあったらしいのですが、今は出してないんです」と丁寧に答えてくれる。いい人だが、このホテルの過去にあまり頓着していないなと思い、パウンドのことを持ち出すのはやめた。フロントに面して右奥にこじんまりしたレストランがある。宿泊客だけが利用出来るスペース。いつかもう一度ヴェネツィアを訪れ、ここに泊まって、パウンドの日常をゆったり味わうことにしよう。

後日譚

ヘミングウェイの章と読み合わせていた時、ある事実が私の心を打ち付け驚嘆させた。それはジャコモ・イヴァンチッチから新たに与えられた情報のなかの、ひとりの女性の名前である。レナータ・ボルガッティ。一九二三年、ヘミングウェイの妻ハドリーにアドリアーナの母ドーラを紹介した女性と記されていた。つまり、ボルガッティがヘミングウェイとイヴァンチッチ家の人びととの最初の出逢いをお膳立てしたことになる(一〇七頁参照)。目を疑った。レナータ・ボルガッティはオルガの伴奏者であり、友人であったピアニストである。パウンドとオルガの最初の接点、パウンドがコンサート評を書いた際に、ロンドンのイオニアン・ホールで、オルガのヴァイオリンとともにピアノを演奏していたのはボルガッティであり、さらに、彼女こそがオルガをバーニーのサロンに紹介したのだ。バーニーのサロンで初めて見かけたパウンドのことをオルガは気になって仕方なく、ボルガッティに、「芸術家っぽいあの人は誰？」と執拗に聞き続けたと、『オルガ・ラッジとエズラ・パウンド』に、アン・コノヴァーは記す。そして、この瞬間からオルガとパウンドの人生が交錯していったのだ。

今村はこのイタリア人女性のピアニストを突き止めようとしたが、どういう人であるか判明できなかったと言う。

オルガとパウンド、レナータのモデルとなるアドリアーナとヘミングウェイ、このふたつの愛の原点にイタリア人女性ピアニスト、レナータ・ボルガッティがいた。パウンドとヘミングウェイを繋ぐ見えない糸が、こんな所にも存在していたのだ。

第三章　サン・ミケーレ　墓の島

パウンドは八七回目の誕生日をカーレ・ケレーニの家でオルガたちに祝ってもらった。バースデーケーキも味わったが、その後、体調が芳しくなくなり、救急船により市立病院に向かう。自宅から救急船まで、自らの脚で歩き乗り込んだと伝えられている。数日後、遺体がゴンドラでサン・ミケーレ島へ運ばれ、パウンドはそこに今も眠っている。ひとたびサン・ミケーレに運ばれた人は二度と島を離れることはない。

フォンダメンタ・ヌオーヴェで、わが目を疑った。海を隔てて死の島に直面しているのが、市立病院なのだ。終末期の病人が担ぎ込まれる病院の窓から見えるは死の島。なんという残酷な位置関係だろう。あの島には行きたくない、と病を治そうとする人もいるかもしれない。他方、島の魅力に抗することができない者も多いだろう。セイレーンの魅惑の歌声が聞こえて来そうである。パウンドもこの病院で息を引き取り、サン・ミケーレへゴンドラで最期の旅をした。パウンドとオルガの家の近くの「治癒の見込みのない病院」について語る須賀敦子は、ヨーロッパ、とくにフランスやイタリアでは病院は死に行く所、病院に入れられたらもうおしまいという考えが根強くはびこっていたと指摘している。この市立病院の位置はまさにインクラビリを宣告しているようである。一章で触れたことを、ここで確認したい。一九〇八年、ヴェネツィアの街を見つめながら、生きる道を模索していたパウンドにとってゴンドラの運賃は高価すぎた。

税関の石段に腰かけし
かの年、ゴンドラ、高すぎしゆえ

「詩篇三」

同じ頃、借りていた部屋から水の流れを見て、パウンドは次のように謳う。

さて、我が窓は
ゴンドラ修理場《スクエロ》を見渡し、オニ・サンティが
サン・トロヴァーソに出逢いしところ
ことには終わりと始まりあり

「詩篇七六」

パウンドは、新たな人生の「始まり」においては、貧しさゆえに乗船することの出来なかったゴ

ンドラで、人生の「終わり」に運ばれて、サン・ミケーレ島へ旅立った。パウンドは、人生の「始まり」に、ゴンドラを製作し修理することで、ヴェネツィアの伝統を何世紀にもわたって継承し続けているスクエロの近くを住まいに選び、またヴェネツィアの伝統技能を体で継承するゴンドラ乗りになろうと試みた。そして「終わり」の旅もゴンドラによって完結した。ヴェネツィアに始まりヴェネツィアに終った詩人の生の軌跡を、ゴンドラは象徴するようだ。

「ことには終わりと始まりあり」という最後の一行は、孔子の『大学』第一章「物有本末、事有終始」をパウンドが訳したものである。パウンドは孔子、老子、孟子の思想と哲学に強く感銘を受け、孔子の翻訳書『孔子』も出版、また、『詩篇』のなかにも孔子の言葉がこのように、諸処に表われる。ラパッロでパルティザンに捕縛された時に、とっさに持ち出したのは孔子の書物一冊と中国語の辞書であった。孔子の存在は限りなく大きい。

学会最終日、シンポジウムでの発表を朝のうちに終えた。翌日には帰途に着くから、サン・ミケーレ島に行くなら今日しかない。十六時からの最終講演に、サン・マルコ広場とリアルト橋の間にあるレストラン、アル・ジアルディネットでの二十時からの晩餐会が続く。講演を聴講するために、急がなければと本島行きのヴァポレットに飛び乗る。

本学会の運営の中心的存在で、パウンド、ヘミングウェイ、ジェイムズとヴェネツィアについての、簡潔にして正確な情報に満ちた著書があるヴェネツィア大学のロゼッラ・マモリ・ゾルジが前の席に座っていた。

「講演に間に合うようにサン・ミケーレに行って来たいんだけど」と相談した。ロゼッラ自身も学会に関する払い込みのために銀行を目指して会場の島を離れる所だった。「時間が足りないんじゃないかしら」と危惧するような顔をする。が、たちまちロゼッラが妙案を出してくれる。

「そうだ、サン・ザッカリアから船でフォンダメンタ・ヌオーヴェに行けば、絶対に間に合わないけど、サン・ザッカリアから島を横切ってフォンダメンタ・ヌオーヴェまで歩けば間に合うわ！」と言い、広い桟橋から北に向かう小径の入口まで連れてくれた。

帰りはサン・マルコと書かれた標識を辿れば絶対戻れるとのこと。ただ、この小径の入口からが、ヴェネツィアのヴェネツィアらしい迷路だ。方向感覚が著しく弱い私にはかなり難しそうだった。不安そうな顔をしていた私に、同じシンポジウムでパネリストとして同席したドーシー・クライツと夫人のサンドラ・ルコラが、近くまで一緒に歩こうと申し出てくれた。

夫妻はヴェネツィアでの生活経験も豊富なうえ、ドーシーは地図を読むのが得意、サンドラはイタリア語が堪能で安心だ。十分ほどでサンティ・ジョヴァンニ・エ・パオロ広場に出る。十五世紀の傭兵隊長バルトロメオ・コッレオーニが自ら造ることを要請した、黒々した騎馬像が、これこそ男らしさと軍人の権化という姿を堂々と誇示し、あたりを睥睨している。ダヴィンチの師匠アンドレア・ヴェロッキオによるこの軍事的権威の塊の様な彫像が君臨するためか、広場に面するふたつの立派な建造物も威圧的に見えてしまう。ふたつの建物とは、サンティ・ジョヴァンニ・エ・パオロ教会の茶色いゴシック建築と、それに直角に交差するスクオラ・グランデ・ディ・サン・マルコ（サンマルコ同信組合）の白いルネッサンス建築である。後者の柔和な色の大理石による優美な建築、屋上に凛と佇むライオン、騙し絵の立体感をもつ正面玄関の横に佇むライオンなどに目を惹き付けられているうちに、位置から推察すると、どうやらあの市立病院であることに気づく。

そうだ、そうに違いない。あらためて目をやると実に壮大にして優美だ。宝石箱サンタ・マリア・デイ・ミラコリ教会の、優しい暖色が白に混ざるあの色合いに似た大理石、入り口近くに彫り込まれたかわいげのあるライオン、入り口の上に高貴な翼あるライオン像、壁高くに彫り込まれた人懐っこいライオンの顔が、人の心を押えつけることで支配しようとする騎馬像とは対照的に、人を守り受け容れる雰囲気を醸し出している。このようなルネッサンスの粋を生かした建物で最期の時を過ごすとは、いかにもヴェネツィアの美しさに魅せられたパウンドらしい。

フォンダメンタ・ヌオーヴェまでは、病院側面に流れる小さな運河に沿って歩けばいい。それでも心配してくれたドーシーとサンドラに渡された地図を片手に病院の横を歩く。この詳細な地図は、迷路のような小径を辿るヴェネツィアのもたらしてくれた贈り物のひとつだ。病院の壁に沿って、小運河リオ・デイ・メンディカンティに沿った細い道をまっすぐ歩く。消毒のにおいが漂う。救急船が停泊している。パウンドもこれに乗ってやってきたのだ。

突き当たれば海。目の前には煉瓦色の壁が周囲を取り巻く不思議な島サン・ミケーレが、手の届くところに見える。壁に沿って糸杉が林立し、まっすぐに天を指す。やはり、墓の島なのだ。フォンダメンタ・ヌオーヴェから船に乗ると十分もかからないうちに到着した。船着き場の名は「チメトロ」……「墓」だ。

ヴェネツィアで最初のルネッサンス教会であるサン・ミケーレ・イン・イソラ教会に足を踏み入れる。雲ひとつない強い日差しの夏の午後、墓参りに訪れる人もまばらだ。イタリアやフランスの修道院でよく見かける、中庭を廊下が四角く囲む回廊、その一定の間隔をもって建てられた柱がくっきり影を落とす。まぶしさのなか、目を凝らして墓の案内を見る。確かにある、Recinto XV-Evangelico (E. Pound, J. Brodsky)。一九九四年に訪れた時には、素朴な看板しかなかったが、今は全ての区画について矢印と簡単な説明がついた機能的な案内板が訪問者を導いてくれる。また、九四年には、前の章で紹介した美しい散文詩でヴェネツィアを表したブロッキーはもちろん、オルガの墓も存在していなかった。

カトリックの国にあって新教の区画十五は比較的小さいので、パウンドの墓を見つけるのは簡単だと思っていた。実際、九四年、教会閉門直前に訪れた時には、直ぐにパウンドの墓を見つけ、墓の上に散らばった葉やゴミを取払い、墓を清めた。夕刻の低い陽のなか、短時間の滞在であわただしく退出した記憶が鮮明にあった。ところが、今回は見つけられない。ブロッキーの墓は、ファンが持参し、献じた写真や豪華な花束も相まって、けばけばしいほどで、すぐに見つけられた。皮肉なものだ。ブロッキーがあの散文詩で、パウンドを批判的に述べたのは、根本的には反ユダヤ主義、ファシズムという思想的側面だった。ただ、さらに、もう一点、パウンドの詩学、美に対する考え方にも、ブロッキーはどうしても相容れない気持ちを抑えられなかった。ブロッキーを引用しよう。

『詩篇』にしても、私を寒々しくさせる。その根本的な誤りは昔ながらの誤り。美の探求・追求ってやつだ。イタリアにあんなに長く居住記録を残した人間が、美は求めて手に入るものではなく、いつだって他の、しばしばごく普通の探求の副産物だということに気づかなかったなんて、奇妙なことだ。

パウンドに批判的だったブロッキーとパウンド自身の墓が極近くに存在して、永遠にふたりが近くで眠ることになったことに、実にアイロニカルな印象を覚える。さらに、ブロッキーが述べている「副産物」としての美、日々の探求のなかで遭遇する、押し付けがましくない美とその華麗な墓、その上にブロッキー信奉者たちが墓をゴテゴテと飾りつけてしまった現在の姿があまりに乖離している。

さらに、付け加えて言えば、このブロッキーの指摘に、私は違和感を覚えた。パウンドはたしかに生涯を通じて美を探求している。ただ、極々普通のささいな日常のなかに美が見つかるというのが、パウンドの根本にある。「もの」のなかに「美」があるから、その「もの」の持っている「美」を言葉・イメージにしていかに伝えるか、パウンド自身の言葉を使えば、いかに「提示」するかを、パウンドは一生求め続けたのだと思う。確かに、時にパウンドは大仰な思想を振り回しているように見えるだろう。でも、それを支えているのは、「もの」のもつ心である。「抽象を恐れよ」は彼のモットーのひとつだ。古今東西の文学や歴史が膨大に展開して難解に見える『詩篇』においてですら、ちょっとしたミントの香り、風の感覚、ユーカリの種のごとき小さなものの美しさが、読む者の心を打つのだ。もちろん、それらのものが単独で存在するのではなく、『詩篇』が生み出す大きな宇宙の中にあるからこそ、心を打つのではあるが。

さて、パウンドの墓探しに戻ろう。パウンドの墓のそばに月桂樹があるとドーシーが言っていたことを目印に探すも、見つからない。何度も同じ区画を歩き回って、やっと見つけた。区画十五の全ての墓のなかで最も小さい。名前が書かれた長方形の大理石の板が土の上に置かれているだけ。その後他の区画も巡ったが、こんなに小さくシンプルな墓はなかった。隣の区画14-Grecoに葬られている作曲家イゴール・ストラヴィンスキーと妻ヴェーラの墓石も地上に置かれた大理石の板だったが、大きさはパウンドたちのものの五倍以上あった。しかも、磨きあげられた茶色い大理石の枠が周りを囲み、はるかに豪華だった。またロシアバレエのセルゲイ・ディアギレフの墓にいたっては、小さな廟のようで、花束やトゥシューズがたくさん捧げられていた。一九二〇年代パリにおいて、文学、音楽、バレエの分野で新しい時代を切り開いた四人の芸術家が、ここヴェネツィアの島に共に眠っている。

パウンドとオルガの墓は、ヴェネツィアでの友人である彫刻家ジョーン・フィッツジェラルドのデザインによるもので、全く同じ形をしている。シンプル極まりない小さな大理石の長方形の板いっぱいに名前が刻まれ、土の上にふたつの墓は並んでいる。EZRA POVND OLGA RVDGE。それだけである。全く何の装飾もない。言葉を削ぎ落として、必要最小限の言葉を用いることをモットーにした詩人パウンドに何ともふさわしい。装飾語は排除する。墓にも装飾は一切なし。周りは雑草や蔦が伸び放題でふたりの墓に迫り、自然と共生している。

「詩篇十七」

而して、蔦、我が指より生え出ずる
而して、蜂、花粉をずっしりまとい
葡萄の新芽が狭間、ゆるり飛び交い
　チャルルーチャルルー――チャルー――リック、喉鳴らする聲
而して、小鳥たち、うつらうつら梢に
　ザグレウス！　ザグレウス万歳！

「詩篇十七」の冒頭部には、ディオニソス的世界（ザグレウスはディオニソスの異名）が展開している。豊饒と酩酊の神ディオニソスは、葡萄酒をいつも手にしている。そのワインを生み出す葡萄へとメタモルフォーシスを起して、詩人自体が豊饒なる自然の一部となる。ここでは、蜂蜜を生み出す蜂も爛熟の域に達し、小鳥、豹や虎やライオンといったネコ科の動物も酔ったように、のっそり動き回る。パウンドにとっての地上楽園ヴェネツィアの、至るところに石のライオンがいるのも

思い起こしたい。危険を内蔵するディオニソス的世界はパウンドの地上楽園のひとつなのだ。指先から蔦が生えだし葡萄の木へと変身する姿は、パウンドお気に入りのオヴィデウスの『変身譚』と重なる。『変身譚』において、人間やニンフは神々に襲われることを避けるために樹木に変身させられたりと、変身は暴力的な結果であることがしばしばで、やはり暴力や恐怖の世界との結びつきがみられる。

パウンドとオルガの墓は、周囲を蔦や草が雑然と取り囲み、小さな赤い花が咲き乱れている。「詩篇十七」に謳われた世界がそのままそこにあった。燦々と降り注ぐ夏の光の中で、ふたりの墓を守るように、月桂樹が木陰をなげかけていた。桂冠を抱くにふさわしい詩人パウンド。Poet Laureate。すべてがパウンドにふさわしい。

「詩篇十七」の冒頭部の、危険な動きに満ちた爛熟するディオニソスの森は、静かな水の世界へと繫がっていく。

平らなる水、目前に広がれり、
　而して水より生え出ずる樹々、
大理石の幹、静謐より伸びいだし
館《パラッツイ》、　　　　　　　静寂

地上楽園としてのヴェネツィアのイメージそのものである。もともと自然のものであった大理石が、人間によって、自然物たる木々のようにパラッツォ(パラッツィは複数形)に造り上げられ、それが森を形成する街、それがパウンドにとって地上楽園を体現している街ヴェネツィアである。静かな美しさをたたえる水の街、そして、それは、常に危険な音と蠢きに満ちたディオニソスの森と隣接しているのである。ヴェネツィア共和国一千年の歴史が、危険と隣り合わせであることを、身をもって語っている。水と光と建物が美しく交錯し、高度な文化芸術を生み出してきたヴェネツィアがヴェネツィアである由縁は、やはりそこにおどろおどろしい人間のエゴと権力欲のぶつかり合いである政治経済の営みの歴史を背負って来たからなのである。

地上楽園(*paradiso terrestre*)を求めた詩人は、天上の楽園(*paradiso*)に行ってしまった。パウンドの墓の前に咲いていたあの赤い小さな花は誰が植えたのだろう。オルガそれともメアリー、それともパウンドのファンなのか。あるいは風が種を運んできたのか。また、誰かがちょっと前に訪れたのだろう、パウンドとオルガのそれぞれの墓に一本のバラが捧げられていた。黙礼し墓を後にした。

帰りにフォンダメンタ・ヌオーヴェの停泊所前で、ジェラートを買い、ささやかな直会《なおらい》。直会はお祭など神事を終えた後、飲んで食べて祝い、日常に戻るために行うものと思っていたが、実は神霊が食べたものを食すことで、神霊との結びつきを強くし、神霊の力を分けてもらい、その加護を期待するために行うものだと新たに知った。パウンドは甘い物に目がなかったから、ジェラートはふさわしいだろう。パウンドは、買い物をする際に、アップル・シュトルーデルを買うのはこの店、チョコレートを買うのはこの店、ミントは……などなど細かく決めていたことが、メアリーの思い出の記に詳しく書かれている。

サン・マルコ広場を目指して道を辿らなければならない。行きと逆方向に病院横のリオを通り、病院にも立ち寄ってみる。パウンドが取った道筋を逆に辿って、死の世界から、生の世界へと戻る。

初期ヴェネツィアン・ルネサンス様式の市立病院に入ると、ひんやりとした大きなホールの大理石の柱には、細かい細工の蔦模様が彫り込まれ、階段の大理石も人々の歩みで丸みを帯びて年輪を感じさせる。ガラス張りのモダンな部屋にはコンピューターが並び、患者が入力している。その瞬間、私は二十一世紀にいる自分に気づいた。

ここはもともと一五二七年にヴェネツィア共和国が、病人、老人、孤児、身寄りのない少女たちを収容させる施設として用い始めた建物だ。そして、ヴェネツィアのこういった施設に特徴的なのは、施しを与えるだけでなく、収容された人たちが、自立して生きて行けるようになるための教育、特に音楽教育を行ったということだ。ここで教育を受けた少女たちはオーケストラや合唱団で、また時にはソロとして音楽を奏でることを生業に生きることができるようになった。パウンドはこの病院の一室で、その手をオルガの手に包まれて亡くなったという。この病院が過去に芸術で生きる人々を生み出して行ったように、ヘミングウェイ、ジョイス、T・S・エリオットなどが、世に認められて生きる手助けをしたパウンド、またヴィヴァルディの音楽に新たなる命を与えたパウンドが、音楽により自律する現代の女性オルガに見守られて旅立った場所にふさわしい。

ヴィヴァルディ司祭が音楽監督を勤めていたピエタ教会にも元々は、同様の施設が附設されており、ヴィヴァルディはその音楽指導をした。また、「治る見込みのない病院」でもやはり、音楽教育が行われ、女性たちが音楽により生きる力と術を身につけたという。「不治の病」を煩う女性は、その後それを利用できなかっただろうが。音楽を愛したパウンドとオルガ、音楽のおかげで自律した人生を送ることが出来ることを誇りとしていた女性オルガが愛した街は、このように直接的な意味でも、音楽が命、生活と直結していたのである。

帰途にあって、ふたたびサンティ・ジョヴァンニ・エ・パオロ教会の前を通り過ぎた。行きには威圧感のみを与えられた同じ教会がまったく異なって感じられる。涼やかな弦の音がどこかからもれ聞こえて、建物全体の雰囲気が和らいでいる。コンサートのチラシが教会の扉に貼られている。教会の横道を通り過ぎると、小さな扉が開け放たれ、その中で、ヴァイオリン、チェロ、ヴィオラ奏者が数人、カジュアルな服装でリハーサルする姿が見える。失われていたヴィヴァルディの楽譜を発掘し、コンサートを開き、生き返らせたパウンドとオルガ。ふたりの成し遂げたことが、こんな風にヴェネツィアの日常の一部になっている。

サン・マルコ広場への道は全く問題なかった。あれほど、道に迷ってばかりだった私が、一度も迷うことなく、サン・マルコへ到達した。ヴェネツィアは不思議な街だ。

実は、桂冠詩人パウンドの墓を守る月桂樹の葉を一枚拝借した。帰国前後の煩雑さの中で失くしたと思っていた。この稿を書いているとどこからともなく、その月桂樹の葉がひらりと私の足元に落ちてきた。香りを残したままのひとひら。

第四章　カルパッチョの頭蓋骨

デイ・グレチ、サン・ジョルジョ、頭蓋骨あり
カルパッチョの
「詩篇七六」

一四六五年頃ヴェネツィアに生まれたヴィットーレ・カルパッチョが、晩年の十年をかけて、聖ゲオルギウス、聖トリフォニウス、聖ヒエロニムスの生涯を描いた九作品がスクオーラ・ダルマータ・サン・ジョルジョ・デッリ・スキアヴォーニ（スキアヴォーニ同信会館）にある。

ところが、「サン・ジョルジョ」が、聖ゲオルギウスのイタリア語読みであることから私はカルパッチョの描いた聖ゲオルギウスは、「サン・ジョルジオ・デイ・グレチ」、聖ゲオルギウス・ギリシャ教会にあると錯覚してしまっていたのだ。この詩行を心に思い浮かべながら、私はグレチ教会を目指した。ピサの斜塔のように傾いた鐘楼が、小運河リオ・デイ・グレチにもたれかかっている。

鐘楼の下に石造りの花の咲き乱れる小さな庭園があり、運河沿いの径からやって来る歩行者がしばし足を休める。ところが、カルパッチョの絵らしきものはない。隣接するスクオラ・ディ・サン・ニコロ・デイ・グレチに入る。暗い照明で絵を守る小さな美術館だ。ここかもしれない。徐々に暗さに目が慣れて来ると、ギリシャ正教のイコンらしき物がならんでいるだけだ。どうも違う。これはこれで、価値の高いものだと思ったが、私の求めているカルパッチョではない。後に、そこはヘレニズム・インスティチュート所蔵のイコンを展示している場所だったと分かった。

「カルパッチョの絵は所蔵されてませんか?」と受付の女性にたずねる。

「いいえ……ああ、カルパッチョね。ここじゃないわ。ここを出て……」と右へ左へ、橋を渡って……と細かく指示してくれる。ヴェネツィアは迷える者に親切だ。しかし、その日はカルパッチョに出会えなかった。ヴェネツィアの迷路に惑わされ、地の神に翻弄されるがごとくに、迷ってばかりで、地図を片手にしながらも辿り着くことはできなかった。

数日後、あらためてカルパッチョを目指し、ザッカリア桟橋から細い小路に入ると、すぐに明るい広場《カンポ》に出た。サン・ザッカリア広場だ。広々と明るいカンポに輝くように聳え立つ教会のヴェネツィアン・ルネッサンス様式の堂々たるファサードに導かれるように、サン・ザッカリア教会に歩み入る。

九世紀に総督によって創設された歴史ある教会堂内部の大きな壁のほぼ全てを聖画が覆い尽くしている。中でも左手の壁の絵に描かれる聖母の凛々しさと絵全体のバランスの良さが私の目を捉えた。ジョヴァンニ・ベリーニ晩年の作「玉座の聖母と諸聖人」、ベリーニの一連の「聖会話」の最後の作品だった。中央にすらりと気品ある姿の聖母マリアが、背筋を伸ばしたキリストを抱いている。その青い衣が、凛としたたたずまいを際立たせていて、真夏の陽光と外気で火照った体が一気に涼やかになる。その足元で、奏楽天使が、こちらを見つめ、少し大きすぎる弦楽器を肩に乗せて演奏している。キーツのギリシャの壺に描かれた笛の音を思う。

耳に聞こえる音楽、妙なり、されど、耳に聞こえぬ音楽
さらに妙なり。ゆえに、汝、笛吹きよ、奏でつづけるがよい。

「ギリシャの壺に寄せるオード」

空気を震わせて耳に直接聞こえて来るのではない甘美な音楽が、奏楽天使が奏でるヴァイオリンだろうか、それともヴィオラだろうか、天使の肩に乗せるには少し大きすぎる弦楽器から流れて来て、見る者の心を満たす。その左右それぞれに、聖カタリナと聖ルチアの二人の聖女が聖母子の方を向く。それぞれの女性の外側斜め前方に、書物を手に、視線を前方に落とす初老の男性、聖ペテロと聖ヒエロニムスが、バランスよく描かれている。奏楽天使の体に比してほんの少し、ほんのわずかに大きめの弦楽器以外の全てが完璧なまでのバランスを保っている。この絵は祭壇にはめ込まれており、さらに絵の中にも祭壇の柱とアーチが描かれていて、いわば騙し絵となっている。

パウンドが最期の時を迎えた病院の壁に刻まれたライオンのレリーフも、騙し絵のように立体感を持たされていた。この街は遊び心にも満ちている。このベリーニの絵は、表装が絵に描かれる描表装の技法を彷彿とさせ、伊吹山の麓、京極氏の当主が代々五輪塔の元に眠る徳源院にある、幽霊がぎょろりと目をむく幽霊画を思いおこしてしまう。時と場所を越えさせる不思議な空間。まさにヴェネツィアは街全体が美術館なのだ。そのような街を彷徨い歩き、心が惹かれる作品に出逢うと、ふと己を忘れて、気づかぬうちに時が流れている。

サン・ザッカリア教会で落ち着いてしまいたい気持ちを抑えて、本来の目的、カルパッチョに向けて、再び小路を辿り、小運河《リオ》を渡り、目当てのスキアヴォーニ同信会館に達する。ザッカリア教会の数十分の一の大きさのこじんまりした教会に入り、低い光に目が慣れたところで、驚くべき絵に取り巻かれていることに気づく。上半身のみが寸断された死体。股から脚が切り取られ、血の中に横たわった体。手。脚。頭。頭蓋骨。爬虫類。これらが、左の壁、竜を退治する聖ゲオルギウスの背景に散在している。聖ゲオルギウスと竜の戦い、ゲオルギウスの勝利、ゲオルギウスによる異教徒の洗礼の三連作が左の壁と、正面祭壇左側に、はめ込まれている。主題、ストーリー、竜が目の表情や体全体で示す感情、当時の文化を生き生きと表す背景などカルパッチョの表現力に圧倒される。

何よりもパウンドの心を捕らえたのは、聖ゲオルギウスの竜退治という主題を表現したうえでの細部の描写であった。異様な死体と骨。特に際立っているのは頭蓋骨だ。これら細部はダリなどシュールレアリストの作品のようで、とても十五世紀の絵画とは思えない。ヴェネツィアの建物は大理石によって造られているものが圧倒的に多いのに対して、この教会の建物内部は木造で、しかもその壁、柱、天井の木に精密な細工が施されている。大理石のどこか明るさを保持する硬質感とは異なる、湿潤な陰影が木によって生み出されている。さらに、ヴェネツィアの湿潤な空気と訪れる人々のために、木の色味や質感も深みと豊潤さを増している。そのなかで、カルパッチョの作品は、長年そこに存在してきたために、木の一部となって溶け込んでいる。

冒頭の詩「ディ・グレチ、サン・ジョルジョ、頭蓋骨あり／カルパッチョの」と書いた際のパウンドの状況に思いを馳せる。ピサにあるアメリカ軍の収容所内、風雨に曝される「檻」にパウンドは囚われていた。乾いた熱い風シロッコが吹きすさぶなか、外では凶悪犯の処刑が行われることもあった。処刑の現実が、この絵の細部と重なって彼の心に去来したのであろう。パウンドは細部にこだわり、具体的なるものを即物的に、かつ正確に捉えて、それらに何の解説も解釈も加えることなく提示する詩人である。カルパッチョが十五世紀に描いた頭蓋骨は、処刑された囚人の死と生々しく結びつくと同時に、「死を忘るなかれ、メメント・モーリ」の象徴の頭蓋骨のように、パウンド自身に処刑されるかもしれないという迫り来る死の恐怖を伝えるものであったに違いない。愛するヴェネツィアに心が漂いながらも、十五世紀の絵画が、第二次世界大戦直後のピサの現実と生々しく重なりあって提示されている。

この教会に入った途端に目を奪われたのが、この異様な骨、頭蓋骨、肉体の一部、死体であった。

それはこの詩行を刻んだパウンドの眼差しを通して、私がカルパッチョの作品を見たからに他ならない。パウンドが導き手になり、パウンドという導き手の指導でヴェネツィアを巡っている。パウンドに導かれ、二十一世紀の夏、ヴェネツィアの昼下がり、この絵の前にいる。パウンドの言葉の力とカルパッチョの絵の力、教会の空間の力が共振し、時空を超えた不思議な空間に、私は漂っていた。

右側入口近くには、「聖アウグスティヌスの幻視」がある。聖ヒエロニムスが亡くなった時に、聖アウグスティヌスが書斎でヒエロニムスの声を聞いたという奇跡を描いたものだ。サン・ザッカリア教会で、ベリーニが描くヒエロニムスに出逢ったのは序章だったのだろうか。他の一連の幻想的な絵は、死(竜に襲われた人の死、竜の死、聖ゲオロギウスの死)や苦悩する姿、ライオンを伴う聖ヒエロニムスの出現により恐怖に逃げ惑う堕落した修道士たちと、幻想的で、ある種不気味な暗さをもったものであった。それに対して、この絵には、優しくあたたかな光が差し込むアウグスティヌスの書斎が描かれていて、私の張りつめた心にその光が広がって和らげられて行くのを私は感じた。ヒエロニムスの死が扱われているとはいえ、アウグスティヌスが日々知を探求している書斎が明るく描かれ、読書し思索し執筆をするというアウグスティヌスが、毎日変わらず行う日々の営みのなかに、ヒエロニムスの声を聞くという奇跡が訪れている。アウグスティヌスが知の探求を重ねているからこそ、聖なる知の声が聞こえて来たのだろう。不気味で暗い幻想的なものに囲まれていた私は、幻想とはいえ日々の営みの温かみをもつ光景に、高ぶる心が落ち着くのを感じた。パウンドが求めた、身近なものの中の美が描かれている。

パウンドがその能力を評価し、作品を世に出す尽力をしたジェイムズ・ジョイスも、単調で閉塞感のあるダブリンの日常や現実のなかにきらめく瞬間を書き留めることを自らに課していた。そしてその一つ一つを、キリストの顕現を表すのと同じ語を用いて「エピファニー」と名付けていた。この「聖アウグスティヌスの幻視」は、まさしく日常のなかのきらめきの瞬間、エピファニーを捉えている。アウグスティヌスの机やいすの上、足元にも書物が積み重ねられたり、開かれたりしている。古今東西、研究や執筆をする者の仕事場は同じだと自らを重ねてしまう。

カルパッチョの作品は、背景に描かれた細部の一つ一つが語りかけて来る。その一つが「頭蓋骨」だった。ここでは、聖アウグスティヌスと同じく前景に描かれ、アウグスティヌスを見上げる小さな犬が愛らしい。カルパッチョは動物の表情を捉えるのが上手い。竜のような架空の動物も、聖ジョルジョに捕らえられている時、目で「もうしません、許して下さい」と訴えかける。竜の大きな体が突然小さく見えることに、飼っていた犬が、粗相をした時に、体全体が小さくなってしまっていたことを思い出す。

学生時代の西洋哲学講義、山田晶先生が帝大時代のままの高い天井の講義室の高い講義台の上に座って、淡々と語られるアウグスティヌスは遠い存在だった。先生も遠くに感じられた。ステンドグラスから差し込む光が広い講義室に寒々と差し込んでいた。今やっとアウグスティヌスを知の大先輩と感じることができるようになり、あたたかい気持ちになる。

第五章　宝石箱　サンタ・マリア・デイ・ミラコリ

　楽園　人の手によるものにあらず
而して、ウィリアムおじさん《W・B・イェイツ》、ノートルダムを徘徊す
何かを探し求めつつ
　　しばし佇み、象徴を愛でる
ノートルダムは　象徴の中にありて
片や、聖エティエンヌ教会の中では
　　もしくは　デイ・ミラコリでは如何に？
人魚、かの彫刻
　濡れそぼつ天幕に和らぎあり
　　枯れし目に安らぎあり

「詩篇八三」

而してツリオ・ロマーノ、かの人魚《セイレーン》彫刻せり
　老いた教会守、言えるがごとくに、以来
ひと、人魚彫ることかなわず
　かの宝石箱、サンタ・マリア・デイ・ミラコリに。
「詩篇七六」

観光客が少ない小径を右に左にと辿る。教会、広場、地元の人がくつろぐカフェ、安価な光り物を売る露店。小運河が、そこここを巡る。全てが雑然と、しかし秩序をもって存在する。ヴェネツィアの日常が刻まれる街角。

小さなカンポを過ぎ、この辺りかなと立ち止まる。

「サンタ・マリア・デイ・ミラコリはどう行ったらいいでしょう?」とレストランの店員に尋ねる。

「ああ、そこを右に曲がればすぐ見えるよ」

ヴェネツィアでは、迷える者に、誰もが親切だ。この一瞬の出逢いと離別においてももてなしの心。ほんの一瞬の邂逅だからこそ、出逢いと別れを心地よいものにする精神。一期一会。

店員の指示に従って歩いて行くと、突然目の前に現れた。小さな川にかかった小さな橋の向こうに、優しく仄かな桜色、茜色、ローズ色が白い大理石に融け合った、可憐で上品な教会が目に飛び

込んでくる。

「宝石箱、サンタ・マリア・デイ・ミラコリ」。

赤葡萄酒色のヴェネツィアン・グラスの小窓。パウンドが地上楽園のイメージを重ねて見た、サンタ・マリア・デイ・ミラコリ教会だ。奇跡《ミラコリ》を起こす聖母像《サンタ・マリア》をおさめるために、一四八〇年代にピエトロ・ロンバルドとその息子たちによって建てられた教会である。

この教会がパウンドを魅了した要素が二つある。一つは、この「宝石箱」と呼ばれるにふさわしく可憐な姿をしている、まさに初期ヴェネツィア・ルネッサンス様式の教会の建物そのものである。誰が見ても、洗練された愛らしさに魅了されるであろう。この印象を人びとに与える要因はなんだろうか。教会としては、小さめの造り構え、大理石の柔らかい色味、さらに正面に尖った部分がないこと、それに加えて、前面の上部三分の一を占める大きな半円アーチの効果が大きい。この半円部分が建物の最上部にあり、そのアーチを装飾する構造物がないので、丸い頭が建物に着いている感じがする。その半円部分の中央を占める大きい円窓、その上部と左右に配されている三つの丸い小窓のお陰で、半円アーチ部分が、かわいい生き物の顔のようで、建物全体がどこか愛嬌のある小動物のように見えるのである。短い体躯とつぶらな瞳に私の心は彷徨い始める。勤務している大学に隣接する彦根城が脳裏に浮かぶ。ほのかに紫に茜色、ローズ色が加わり変幻する夕陽の織り成す色彩が純白の城を染める。もう一つのミラコリ、奇跡の宝石箱。

今回のサンタ・マリア・デイ・ミラコリの建物との邂逅は、ことのほかうれしいものだった。

一九九四年、ヴェネツィアで是非、訪ねてみたいと願っていたひとつがこの教会だった。「どんな美しい教会に出逢えるのだろう。宝石箱。宝石箱のような教会」とわくわくしながら、小径を辿ったときの記憶が鮮明に甦る。

あのとき突然目の前に現れたのは、頑丈な木材の板、昔の日本の雨戸のような板が四方を囲む木箱だった。イタリアの教会は修復される際には、それ自体がログハウスかと思えるほど堅牢な板に全面をすっぽり覆いつくされてしまう。大理石とガラスでできた宝石箱を期待していた私の前に現れた巨大な木箱に、落胆は限りなく大きかった。

パウンドを惹き付けた今ひとつの要素が、「而してツリオ・ロマーノかの人魚《セイレーン》彫刻せり」の詩句に表されている、後陣《アプス》の柱の大理石に彫られた、さまざまなレリーフ、特に人魚の姿なのである。彫刻をしたのは、実際はトゥリオ・ロンバルドであり、パウンドが「ツリオ・ロマーノ」としているのは記憶違いである。パウンドはピサの収容所では、資料や書物を持つことが許されていなかったので、記憶に頼ってこの詩を書いたため、時に間違いが見られる。

レリーフについて語る前に、本章の冒頭で引用した「詩篇八三」に出て来る「ウィリアムおじさん」、W・B・イェイツとパウンドのことに触れておこう。

一九〇八年、詩人になることを決意したパウンドは、六月、ポンテ・サン・ヴィオ八六一番地から、母親に次のような手紙を送っている。「テムズ川辺りのどこかでひと月過ごして、ビル・イェイツに会いたいと思っています。」パウンドより二十歳年上のイェイツこそ、パウンドが尊敬し、すでに名声を得ていた大詩人だった。パウンドはそれまで面識も関わりも全くないイェイツに、ヴェネツィアで出版した第一詩集『消えた灯』を送り付け、イェイツから「粋ですね」(charming)と感想めいた褒め言葉をもらっている。そのイェイツに会えるという何の根拠もなくこのような手紙を書いたのだ。九月にロンドンに到着し、翌年の夏前には、イェイツがロンドンで開いていた「月曜の夕べ」の常連となり、すぐに中心メンバーとなる。夢を実現するパウンドの熱意と行動力には驚嘆されよう。

一年も経ずして、どのようにして、このような幸運と立場を獲得したのだろうか。パウンドは、一九〇九年一月からポリテクニックにおいて、南欧文学の連続講義を行う職を得る。その聴講者の中に、オリヴィア・シェイクスピアがいた。オリヴィアは、法廷弁護士の妻で、小説、戯曲作家、芸術のパトロン的存在であり、パウンドにとって幸運だったことに、イェイツの親友、愛人であった。このオリヴィアにパウンドは気に入られ、シェイクスピア家に招かれることとなる。後にパウンド夫人となる、オリヴィアの娘ドロシーは、パウンドが初めて訪問した日に、パウンドに魅せられ、「エズラ、エズラ、エズラ!」とパウンドへの熱烈な思いを溢れ出させるメモを残している。後年の感情を表に出さない、固い殻をかぶった英国人女性、エズラ・パウンド夫人ドロシーからは想像もつかない初々しい二十二歳の女性だったのだ。イェイツと深い付き合いのあるシェイクスピア母娘に気に入られたことは、パウンドを後押しする風となった。

その頃イェイツはアイルランドで多忙を極め、ロンドンでの「月曜の夕べ」が中断していたので、パウンドとの出逢いが遅れてしまう。しかし、実際に出逢ってからのふたりは瞬く間に意気投合し、新しい文学の創成に協力し合う。イェイツは、パウンドより二十歳年上で、当時詩人としての評価も確立していたが、パウンドの助言を素直に傾聴した。このことにより、モダニズム詩人として、簡潔明解な言葉の使い方を駆使することになる。また劇作家としても、リアリズム演劇にも象徴的演劇にも行き詰まりを感じていた時に、パウンドによって能楽に出逢い、アイルランド神話を用いた一連の「踊り手のための戯曲」という全く新しいジャンルを切り開くこととなったのだ。

この「詩篇八三」では、「而して、ウィリアム《W・B・イェイツ》おじさん、ノートルダムを徘徊す／何かを探し求めつつ／しばし佇み、象徴を愛でる／ノートルダムは象徴の中にありて」とパウンドが出逢った頃、イェイツに一九世紀象徴主義詩人的な面が残っていたことが思い出されている。「ウイリアムおじさん」(Uncle William)と、実際にパウンドがイェイツを呼んでいた愛称が用いられて、イェイツへの愛着、親愛の念が示されている。パリの堂々たるゴシックの巨大な聖堂ノートルダム寺院と「象徴」が結びつけられる。イェイツはこの威厳ある寺院の中で、象徴として詩に使えるものを探していた。そこで見つけたものをイェイツは詩のなかで象徴として使う。

一方、パウンドは詩においては「もの」に直結するイメージを求めるべきであると考えていた。象徴は抽象的であるが故に「もの」とは分離してしまうという考えを持っていた。ここでは、ノートルダム寺院が、象徴のなかに取込まれてしまっていることをパウンドは語っている。イェイツに親愛の念を示しているように、イェイツを非難しているわけではない。パウンドは当時イェイツを大詩人として尊敬していたのだ。そしてその出逢った当時のイェイツの姿を提示しているだけである。イェイツは、パウンドが求めていた象徴とは異なるモダニスト的イメージに出逢って以後、元々持っていた象徴的な詩をもとに、新しい作品世界へと変容させていく。

抽象的な「象徴」と結びつけられるノートルダム寺院とは対照的に、サンタ・マリア・デイ・ミラコリ教会には、パウンドが理想とする「イメージ」を示すレリーフがある。「宝石箱」の中に入ってみよう。

若い男女の人魚、幼子、キューピッドやエンジェル、鳥、想像上の動物、果実、花、蔦が精緻に大理石に彫り込まれている。教会のなかは、これらのレリーフ、つまり自然の中のものそれ自体を実現する「イメージ」で構成され、パウンドの「地上楽園」を提示する空間となっている。「地上楽園」は抽象や象徴ではなく、自然の中に存在する「もの」で実現される。このレリーフは、年月の経過に加えて、多くの人々が触った結果、丸みをおびて、優しくこの教会の空気にとけ込んでいる。現在は綱が張られて、レリーフに近寄れないのだが、以前は自由に近づけた。思わず手で実際に撫でたくなる愛おしさに満ちたこの純白のレリーフは、大理石を素材にして、作者ロンバルドと時の流れとこの建物を訪れた人々が共同して作り上げたものなのだ。

「老いた教会守　言えるがごとくに、以来／ひと　人魚彫ることかなわず」とパウンドは謳う。「老いた教会守」がパウンドに語りかけたように、二十年前に訪れた時には、目の前に「老いた教会守」が現れ、細工がいかに精巧かを示すために、蔦の細工と柱の間に楊枝を差し込んでくれた。

「ちょっと、こっちに来てごらん。ほら、こんなにすごいんだよ」と老人はその精巧な作りを誇らしげに語り、その誇りに満ちた眼差しが実に微笑ましい。この教会に住み着く妖精のようだ。パウンドに語りかけたのもこの老人だろうかと思わず時間の感覚が失われる。教会堂の空間は時を越え、永遠となる。

様々なレリーフの中で、パウンドは、「人魚、かの彫刻」、「かのセイレーン」「人魚」と人魚のみを謳う。なぜ「人魚」だけなのだろう。

「詩篇八三」の一節を見てみよう。

長石色の雨　打ち付けけり
ゾアィリ沖のトビウオのごとき青
平和、水　　水

パウンドにとって大切なモチーフである「水」はさまざまな変奏を奏で、水の微妙な彩りと姿が言葉によって創出される。人魚は水の世界を生きる。水の街ヴェネツィアの教会のなかに、水の世界と人間の世界を行き来する美しい人魚が自由に、そして優美に舞う。大理石という自然物、しかも硬い石を流れるような流体に変えたのは匠の業である。自然と人間が自然な形で共生するこの教会の空間は、地上の楽園《パラディーソ・テレストル》を体現したものだった。

パウンドは、彫刻とは、それぞれの石が彫りこんで欲しいと待っている何かを彫り出すものとの考えをもっていた。つまり、この人魚は大理石に内包されていた精髄をロンバルドが見つけ出したものなのだ。しかも、鳥や想像上の動物や果実、花、蔦は、三章で見たように、ディオニソス的豊饒の地上楽園の住人でもある。つまり、ここには異教的な要素も容認されていて、ヴェネツィアのキリスト教の懐の大きさ、一章でも指摘した、特定の既存宗教に拘泥しない宗教性が感じられる。

ここでパウンドは、同時に、この柔和なたたずまいの人魚のことを「セイレーン」と呼ぶ。オデュッセウスとその部下たちをその美声で海に引き込み殺そうとする恐ろしく美しい海の精だ。やはり、自然と共存している地上の楽園は天上の永遠の楽園とは異なっていて、「道」(process)の流れに従えば、時には危険で恐ろしいことがもたらされ、人間はそのなかで、その運命に翻弄されつつ生きてゆくことが、ここでも示唆されているのだ。

「宝石箱」の人魚をピサの収容所で思い出していたパウンドは、シロッコの風の為に目が乾燥しすぎて目を病んでいた。「濡れそぼつ天幕に和らぎあり／枯れし目に安らぎあり」とパウンドは謳う。それを癒してくれる雨も天からの恵みの水。そしてその雨の水が、「長石色の雨　打ち付けり／ゾアィリ沖のトビウオのごとき青」と、ピサの収容所に捕われる直前まで住いとしていた、ラパッロやサンタンブロージオから見える海の美しい水と重ねられる。この水がさらに「平和、水水」と平和と結びつけられる。原文では「水」がギリシャ語で書かれていて、ギリシャ神話、哲学、オデュッセウスの世界へと読者を導いて行く。時空を超えた水がもたらす地上楽園。それを体現してくれる水の世界を生きる人魚が住まう教会が、水の街ヴェネツィアに、秘めやかに佇む。ただし、雨は、吹きさらしの「天幕」を「濡れそぼ」らせるという苛酷な状況にパウンドをさらしていることも見逃せない。人魚が魔女セイレーンとなるように、恵みの雨もパウンドをずぶぬれに痛めつける。地上楽園は自然の「道」の流れに従い、幸せと悲運に人を翻弄する。

この「宝石箱」は、天井が高く、壁のそこここに窓がとりつけられているために、光が満ちあふれている。優しい色のヴェネツィアン・グラスがはめ込まれているので、それを通して差し込む光がおだやかな大理石の色と溶け合って、中にいると柔らかく流れるような気分になり、人魚になったような気持ちになる。

六月の夕暮れに向かって優しい光が教会を満たす中、ふと教会を訪れる人が、ひとり、ふたりと、楽園の一部となって、静かに歩を進め、また、腰をおろし、それぞれの楽園を堪能する。

終章　ヘミングウエイとパウンド　ひとつの水脈

アーネスト・ヘミングウェイとエズラ・パウンド、切れぬ縁《えにし》で結ばれたふたりの愛するヴェネツィア。ところが、一九二二年パリで出逢って以来、生涯互いの才能を認め合い、また堅い友情で強く結ばれていたにも拘らず、ヴェネツィアにおける接点は意外と少ない。ふたりの軌跡を簡単に辿り、ヴェネツィアで直接的な接点がなかったわけを探ってみよう。

パウンドは、一九〇八年ヴェネツィアで詩人となる決意をかためて、ロンドンに向かい、順調に詩人への道を歩みだした。一九二〇年、時代の流れをいち早く察知するパウンドは、パリこそ芸術・文化の中心と、ロンドンで出逢い妻となったドロシーとともにパリに移る。ヘミングウェイは、第一次世界大戦イタリアで負傷後、アメリカに戻るものの、文学で生きる決意をもって、シャーウッド・アンダーソンから渡されたパウンドやシルヴィア・ビーチ、ガートルード・スタイン宛の紹介状を手に、一九二一年末、妻ハドリーとともにパリに渡る。奇しくもパウンドもヘミングウェイも自分の筆で生きる決意をもってヨーロッパに渡るのが二十二歳の時である。ふたりとも機が熟すまでに言葉や文学が自分自身の中で熟成され湧き出る年齢が同じだったのだ。ヘミングウェイは、一九二二年二月ハドリーとともにパウンドの住まいを訪れ、当初はパウンドのボエミアン的風貌所作を鼻持ちならぬと、風刺詩を書いた。雑誌への投稿を強く知人に反対され、断念したことによってことなきを得た。パウンドに対する第一印象はすぐに払拭され、その後、パウンドとヘミングウェイは、お互いの文学と人間性を生涯揺らぐことなく認め合った。

ヘミングウェイは自分自身はもとより、ジョイス、T・S・エリオットなど数多くの芸術家を世に出す努力を惜しまなかったパウンドについて『移動祝祭日』の中で次のように記している。「私が知ってる中で最も寛大な詩人で、最も私利私欲がない人だった。……自分が信じる詩人、画家、彫刻家、散文作家を支援し、また、誰であっても困っていれば、その人のことを信じていようがいまいが助けた。あまりに親切なので、聖人のような人だと思った」と評価している。

一方、パウンドは「ヘムの鑿《のみ》で刻まれたような、本物の書きものの感覚」と当初から高い評価を与えていた。『リトル・レヴュー』誌の一九二三年春号に六編のスケッチとも言える超短編を載せ、さらに翌年に短編集『ワレラノ時代ニ』をスリー・マウンテン・プレスから出版するにあたり、多大な貢献を果した。このことで、作家ヘミングウェイがデビューすることになる。また『トランスアトランティック・レヴュー』誌の副編集長としてフォード・マドックス・フォードに彼を推薦したのもパウンドである。

パウンドが求めていた、無駄なものを削ぎ落とし、ものをものとして即物的に表現する手法を、ヘミングウェイは散文において体現していた。ヘミングウェイは、パリに来る前、『カンザス・シティ・スター』紙記者時代に、パウンドが理想と考えていた文体に類する言葉を、すでに身につけていた。パウンドは確たる理論に基づき、ヘミングウェイのもてる才能と技量を伸ばし、生かす師匠としての役割を果たした。ヘミングウェイは、自分の能力を最大限に生かす編集者であり教師であるパウンドに対して謝意を表明している。『日はまた昇る』出版直後に、パウンドが「如何に書くべきか、書くべきでないかを」教えてくれたと公言している。また、編集者、教師としてだけではなく、詩人パウンドの作品に対する評価も高く、『移動祝祭日』では「パウンド自身の書いたものについては、つぼに嵌《はま》れば、完璧だった」と多少条件をつけながらも、最高の評価を与えている。ノーベル賞受賞の際にも、自分ではなくパウンドが受賞するべきだ、パウンドこそ現存最大の詩人だから、自分が受けたメダルと賞金を贈呈したいと述べた。また、パウンドが本来受けるべき評価を受けていないとも嘆いている。ヘミングウェイのノーベル賞受賞時、パウンドの元にヘミングウェイからの賞金やメダルは届かなかった。しかし、後にパウンドが聖エリザベス病院から開放された際に、ヘミングウェイが換金するようにと懇願して送った小切手を、パウンドは永遠の友情の印として、額に入れて終生使うことはなかった。

文学の点で認め合い支えあっただけではなく、何よりも生涯変わらぬ友情の堅さは、稀に見る強固なものである。そのことを示す挿話、発言は数限りなく、既に紹介したものは、そのごく一部である。またふたりとも、自己の信念に忠実な言動をとるため、他人に対して暴言とも言える残酷な発言を、歯に衣着せず発することが多々あるのだが、互いの本質的な面について、否定的な言葉を言ったことはない。ふたりの揺るがぬ信頼関係がそこにも見えてくる。ふたつの挿話を紹介しておこう。一九二二年十二月ハドリーがパリ、リヨン駅でヘミングウェイの原稿を全てなくした時に、「これは神の思し召しだから、記憶から再現しろ。記憶こそが最上の批評家なのだから」、「喪失に思えるものは究極的にはプラスになる」と、直ぐにパウンドは助言している(一九二三年一月二十七日付手紙など)。後年のパウンドにとっての記憶の重要性がここで既に響いてくる。パリに来て、ついに創作に没頭できるようになり、「真実の一文」を毎日書き続けたものが、ある程度集積され、方向性を見せ始めた時点でのヘミングウェイの喪失感は想像を絶するものだが、ありきたりの慰めではないこの助言は、ヘミングウェイの心に響いたことだろう。原稿の盗難事件の後に最初に書かれた短編が「雨の中の猫」であり、それはパウンドに招かれ、ラパッロで過ごしたホテルが舞台となっている。やがて創作はまさに「記憶」によって少年時代に過ごした北ミシガンの日々を再生させることになる。

『トロント・スター』の海外特派員としてパリに着任したヘミングウェイは、一九二三年八月、パリを離れ、長男出産の為、カナダ、トロントに一旦渡っている。パウンドからの手紙を待ちわび、「あなたの手紙が命の支えだから、手紙を書いてくれ、書いて、書いて」と、パウンドに手紙を書くように懇願しているが、なんともどこか児戯めいた微笑ましさが感じられる。

一九二〇年代は、ふたりとも貧しい時代だった。その文学も未だ世にひろく認知されてはいなかったが、お互いの能力を認め合い、目指す文学の理想をともにしているふたりの関係に、牧歌的な幸せが満ちあふれている。劇的な人生を、世界中をまたにかけて送ったヘミングウェイにとって、この若い頃に過ごしたパリの二〇年代前半が、珠玉の宝物のような時であったことは、最晩年に『移動祝祭日』を書いたことにも現れている。新妻のハドリーとともに過ごした想い出のパリ、「移動する祝祭」の中心にいたのが、パウンドだった。

パウンドは自らが認める文学者の支援を、文学面のみならず経済面も行った。生活が安定しないと創作が出来る精神状態には至らないことはわかっていたからこそだと思われる。パウンドが、ジョイスのために生活費を工面していた時に、ジョイス一家が、パウンドなら入ることも考えられない高級なレストランで食事をしている姿がよく目撃されたのは有名な話だ。生活は創作に直結するので、それぞれの生活に口を出さなかったのか、パウンドはそのようなことは気にしなかった。当時、ハドリーの一族から定期的に入る資金がヘミングウェイの生活を支えたように、ドロシーが英国アッパーミドルクラス出身で持参金もあったことが、パウンドの生活には幸いしたようだ。パウンド自身は生涯裕福にはならなかったのだが。

この頃、パウンドは師匠として、ヘミングウェイに一方的に与えていたわけではなく、ヘミングウェイから大切なものを学んでいた。

而してアーニー・ヘミングウェイも彼の地へ行けり
　早急に過ぎ
而して四日間埋められし

「詩篇十六」

パウンドはヘミングウェイの戦争体験を自らの詩の中で謳う。一九二三年の早春の日、ヘミングウェイをオービテッロなど北イタリアにあるマラテスタの戦場跡への徒歩旅行に誘った。実体験を通じて知識を身につけたヘミングウェイから、十五世紀に軍事手腕を発揮し、かつ芸術のパトロンであったリミニの領主ジギスムンド・マラテスタの実戦についての疑問を投げかけ、意見をもらい、教えてもらおうとしたのだ。ヘミングウェイのお陰で、パウンドの知識や観念が生きたものとなり、その結果は『マラテスタ詩篇』と呼ばれる「詩篇八―十一」となって結実した。この時のヘミングウェイ夫婦とのパウンド夫婦の徒歩旅行は、至福に満ちた、まさに地上楽園を旅するようなものだったろう。

翌年、一九二四年にはパウンドはパリを去り、各地を旅しながらもラパッロとヴェネツィアを中心とした北イタリアを本拠地にして詩作に励むことになる。ヘミングウェイはハドリーと離婚、二八年に妻ポーリーンとともにパリを後にし、アメリカに帰国した。その後、アメリカ最南端の島キーウェストとキューバを住処とし、ヨーロッパをしばしば訪れたが、ふたたび住むことはなかった。ふたりが現実に逢う接点は極めて少なくなったが、互いの信頼関係、友情は揺るぎないものであったと言えよう。それを示すのが、パウンドの第二次世界大戦中のローマ放送を中心とする件である。

ヘミングウェイはパウンドのムッソリーニ賛美、反ユダヤ主義的発言には決して賛同せず、一方、パウンドもヘミングウェイのスペイン内戦に対してとった立場には賛同していなかった。政治的にふたりは同調することはなかった。しかしながら、パウンドの真の友人として、ヘミングウェイがパウンドを救い出そうと真摯に尽力したことは、「秘密の巣」の章で紹介したオルガに宛てた手紙にも明らかだろう。信条や信念が異なっていても、友情は揺るぐことはなかった。ピサの収容所、さらに聖エリザベス病院に拘禁されて十三年にもなったパウンドに、ヘミングウェイは次のような手紙を送っている。「あなたは自分が信じていたことを述べたのだから、全く罪だと思えないだろうけど、あの放送は最悪の罪で、あなたの言ったことには嫌悪を覚えます。でも、あなたはもう十分の償いをしました……あなたが絞首刑に処せられるなら、私も直ぐに飛んで行って、自分も絞首刑にされましょう。出来る限りのことは何でもするので遠慮なく言って下さい」(一九五六年七月十九日付他)。

言葉だけではなく、パウンドを救うために、実際に惜しまぬ尽力をする。反逆罪を犯した犯罪者として収容所という牢獄に拘禁されている状態から解放するための妙案を考えたひとりはヘミングウェイである。パウンドは精神が異常であり、裁判を受けるに不適格だとして、施設内での自由度が大きいワシントンDC郊外にある聖エリザベス病院に、移動させる努力をしたのだ。パウンド救済運動中に、ジョイスをめぐるパリでの挿話も利用している。ジョイスが、パウンドの精神状態が変で、二人きりで逢うのが怖いので、ヘミングウェイに同行してくれと頼んだと言ったため、ジョイスに付き添ったというのだ。パウンドに政治や作曲などに打ち込まず、言葉による創作に専念すべきであると主張し、パウンドの真価は言葉による芸術家として発揮されるのだとわかっていたのがヘミングウェイであった。

私は一九九五年十二月、冬にしては暖かい日差しを受けて、パウンドが幽閉されていた聖エリザベス病院を訪れた。小高い丘の上にある敷地は広く、庭は豊かな緑に包まれ、近くに高い建物はないため遠くまで見渡せる。穏やかな日であったこともあいまって、開放感を感じた。病棟に入り、無機質な階段や廊下を辿り、パウンドの部屋に入った時、印象は一変した。日差しが十分入り明るいことは明るい。ところが、思っていたよりも狭く、閉塞感が襲った。想像力豊かで、書物と記憶、そして自らの言葉で、世界中に心が飛遊する詩人とはいえ、ここで、六十歳から七二歳まで十二年余を過ごしたとは、残酷だと思えた。ヘミングウェイの言う通り、十分代価は払ったと思えた。

そして、パウンドがピサとワシントンDCで幽閉されていた十三年の間に、ヘミングウェイにとって、ヴェネツィアが大切な地となったのだった。今村が私たちに体験させてくれた、ヘミングウェイの愛したヴェネツィアをパウンドは訪問することはできなかった。聖エリザベス病院から解放された後も、パウンドが法律上ドロシーの管理下に置かれたこともあり、ヴェネツィアの「秘密の巣」に戻るには時間がかかった。そして、その間にヘミングウェイは自らの命を絶ってしまったのだ。ヴェネツィアを愛したふたりであったにも拘わらず、パウンドとヘミングウェイの実人生が、ヴェネツィアで交差することはなかった。

アーチボルド・マクリーシュ、ロバート・フロスト、T・S・エリオット、アラン・テイトといった当代を代表する文学者を率いて、ヘミングウェイが努力したお陰で、一九五八年パウンドは聖エリザベス病院での軟禁状態から解放される。向かった先は、やはりイタリアであった。一方、ヘミングウェイはこの頃から躁鬱病が顕在化していった。若い頃、熱弁を常にふるっていたパウンドが晩年に極度に寡黙になったのは、精神病院で投与された薬の副作用であったとも言われる。ヘミングウェイも様々な治療により、自らの中にある創作の源が壊されていく。ヘミングウェイ自死の報を耳にして、パウンドは言う。「アメリカの作家はみな破滅へ向かうよう運命づけられている。アメリカは彼ら全てを破滅させるのだ、特に、最上の者を」。ヘミングウェイはパウンドの真価を理解し愛していたが故に努力を続けた。パウンドも、ヘミングウェイの真価を理解し、ヘミングウェイを愛した。そして、自らを幽閉し、また最上の文学者である友人を破滅させた祖国の現実に対して苦渋のひとことを発したのだ。

第二章でも述べたように、パウンドが愛するヴェネツィアの中心にいた、愛する女性オルガを、ヘミングウェイは受け入れることはなかった。オルガに関してヘミングウェイが評価したことは全くなく、反感を抱いていた。それに対して、ヘミングウェイは、パウンドの妻ドロシーに対しては常に暖かく、パウンド宛ての書簡で、しばしば「ドロシーへよろしく」という言葉をイタリック体で強調するといったことにも、友情以上の思いが現れている。

一九二五年に、オルガとパウンドとの間に生まれた娘、パウンドが血を分けた唯一の子どもであるメアリーを出産した後、ドロシーは、母オリヴィアとふたりでエジプトなどを訪問する長期の旅に出、父不明の子を妊娠してパリに戻る。ドロシーが、パウンド不在のまま出産した際、病院に付き添ったのはヘミングウェイであり、ヘミングウェイのドロシーへの思いやりが顕著である。第二章で引用したヘミングウェイからオルガ宛の手紙の末尾でも、ヘミングウェイはドロシーのことが好きだと、オルガのことを受け入れられないと言外に明確に述べ、オルガのことを傷つけることが明白な、あえて言う必要のない断言をしていた。同時にドロシーには、パウンドを聖エリザベス病院から出すことを混乱させているのは「ラッジ」だとの手紙を出している。一九二〇年代初めパリで、パウンド、ドロシー、ヘミングウェイ、ハドリー二組の夫婦で過ごした時間が、ヘミングウェイにとって忘れ難い宝のようなものとして刻み込まれているからなのだろうか。また、当時ヘミングウェイがドロシーに対する特別な思いをにじみださせていることはハドリーも意識せざるをえない程のものだったと言う。

一九四〇年代後半から五〇年代に、ヘミングウェイがヴェネツィアをしばしば訪れて、アドリアーナたちとの時を過ごしていた際、ヘミングウェイもオルガも共にパウンド救出に心砕いていた時期であったにも拘わらず、ヴェネツィアにいたオルガとの接点もない。晩年のパウンドはアドリアーナの兄ジアンフランコとの交流は深くなるが、当時はイヴァンチッチ家を介してもヘミングウェイとオルガとは接するつもりはなかったのだろう。

パウンドとヘミングウェイにはヴェネツィアにおいて、直接的な接点はなかった。しかし、『河を渡って木立の中へ』における画家や絵画や美術作品や場所の言及のされ方は、パウンドの『詩篇』の世界が背景にあるように思われて仕方がない。ヘミングウェイは画家や美術館の名前を記すだけで、それぞれ個別に述べることはしない。この提示の手法や背景の描写にパウンドの影が感じられる。説明抜きで美術作品や場所が提示される手法、背景の描写の仕方などをみると、『詩篇』の世界が、散文で展開されているようだ。つまり、ヴェネツィアに関するふたりの作品に流れる原理は通底しているのだ。このふたつの作品『河を渡って木立の中へ』と『詩篇』の間には、脈々と流れる水路が繋がり、ふたつの作品それぞれの中に流れている大小さまざまな運河《キャナル》や川《リオ》の迷路を辿れば、ひとつの水脈が形成されている。ヘミングウェイはパウンドについて次のように語っている。

エズラ・パウンドは、不変の親友だ、パウンドは、いつも人のために何かしていた。パウンドが、妻ドロシーとノートルダム・デ・シャン通りに住んでいたスタジオには、ガートルード・スタインのスタジオにお金が満ちていたのと同じ程度に、貧しさが満ちていた。パウンドのスタジオは、すばらしい光が満ち、そこはたったひとつのストーヴで暖められていて、エズラが知っている日本人画家たちの絵が飾られていた。

（『移動祝祭日』より）

一九二〇年代パリのパウンドのスタジオは、最晩年のヘミングウェイの心が帰って行く地上楽園だったのだろう。そして、その時ふたりが訪れた北イタリアへの旅は、ふたりの心に生涯刻み込まれた。「記憶の住まうところ、ドーヴェ・スタ・メモリア」。かつて、一九二三年の早春の日、ヴェネツィアを目前にして、パウンドにとっての地上楽園の青い水をたたえるガルダ湖岸シルミオーネでふたりの旅は終わり、ふたりがヴェネツィアを共に訪れることはなかった。しかし、友情が生涯、目に見えぬ水脈で繋がっていたように、ふたりが愛したヴェネツィアは、ふたりの作品のなかで、ひとつの水脈を作りあげている。記憶の宿る窓の下を流れるオニ・サンティとサン・トロヴァーソのふたつの川が交わるように。

参考文献

Baker, Carlos. *Ernest Hemingway: A Life Story.* New York: Scribner, 1969.

Berendt, John. *The City of Falling Angels.* London: Hodder, 2005.

Boulton, Susie, et al. *Eyewitness Travel Venice & the Veneto.* London: Kindersley, 2014.

Brodsky, Joseph. *Watermark.* New York: Farrar, 1992.

Carpenter, Humphrey. *Serious Character: The Life of Ezra Pound.* New York: Bantam, 1988.

Cohassey, John. *Hemingway and Pound: A Most Likely Friendship.* Jefferson: McFarland, 2014.

Conover, Anne. *Olga Rudge & Ezra Pound.* New Haven: Yale UP, 2001.

Coover, Robert. *Pinocchio in Venice.* New York: Simon, 1991.

D'Annunzio, Gabriele. *The Flame of Life.* Trans. with Introduction by Baron Gustavo Tosti. New York: Collier, 1900.

de Rachewiltz, Mary. *Discretions.* Boston: Little Brown, 1971.

Diliberto, Gioia. *Hadley.* New York: Ticknor, 1992.

Doyle, N. Ann and Neal B. Houston. "A Final Meeting with Adriana Ivancich at Nervi." *The Hemingway Review.* 8-1, Fall 1988, 58-61.

——. "Letters to Adriana Ivancich." *The Hemingway Review.* 5-1, Fall 1985, 14-29.

Gerogiannis, Nicholas. Ed. *Ernest Hemingway: 88 Poems.* New York: Harcourt, 1979.

Gritti Palace, the. Ed. *The Gritti Palace: A Luxury Collection Hotel.* Venezia: undated.

Guide to the "Scuola Dalmata" of St. Geroge and St. Tryphone Called S. Giorgio Degli Schiavoni. Mestre: Grafiche Liberalato, 2013.

Hemingway, Ernest. *Across the River and Into the Trees.* New York: Scribner, 1950.

——. *The Complete Short Stories of Ernest Hemingway. The Finca Vigia Edition.* New York: Scribner, 1987.

——. *in our time.* Paris: The Three Mountain Press, 1924.

——. *A Moveable Feast.* New York: Scribner, 1992.

Hemingway, Mary Welsh. *How It Was.* New York: Ballantine, 1976.

Hotchner, A. E. *Papa Hemingway.* New York: Random, 1966.

James, Henry. *The Turn of the Screw and The Aspern Papers*, London: Penguin, 1984.
Kaminski, Marion, *Art & Architecture Venice.* Cologne; Konemann, 1999.
Knigge, Jobst C. *Hemingway's Venetian Muse: Adriana Ivancich.* Berlin: Humboldt U. Berlin, 2012.
Modesti, Paola. *Santa Maria dei Miracoli a late fifteenty-century building in ancient style*. Venice: Marsilio Editori, 2009.
Moriani, Gianni. Ed. *Il Veneto Di Hemingway: Hemingway's Veneto*. Crocetta del Montello: Venice International U., 2011.
Nelson, Gerald B. and Glory Jones. *Hemingway: Life and Works*, Facts On File, New York, 1984.
Pound, Ezra. *The Cantos of Ezra Pound.* New York: New Directions, 1975.
——. *Collected Early Poems of Ezra Pound.* Ed. Michael John King. New York: New Directions, 1976.
——. *Literary Essays of Ezra Pound.* Ed. T.S. Eliot. New York: New Directions, 1968.
——. *Ezra Pound to His Parents Letters 1895-1929.* Ed. Mary de Rachewiltz, et al. Oxford: Oxford UP, 2010.
——. *Gaudir-Brzeska: A Memoir.* New York: New Directions, 1970.
——. "Letters to Ernest Hemingway." JFK File, Undated.
Praz, Mario. "Hemingway in Italy." Ed. Asselineau, Roger and Heinrich Straumann. *The Literary Reputation of Hemingway in Italy*. New York: New York UP, 1965.
Reynolds, Michael. *Hemingway: An Annotated Chronology*. Detroit: Omnigraphics, 1991.
——.*Hemingway's First War: The Making of* "A Farewell to Arms." Princeton: Princeton U P, 1976.
Stock, Noel. *The Life of Ezra Pound.* San Francisco: North Point, 1982.
Tanner, Tony. *Venice Desired*. Cambridge: Harvard UP, 1992,
Terrell, Carroll F. *A Companion to the Cantos of Ezra Pound*. Berkeley: U of California P, 1993.
Tinner, Adeline R. "The Significance of D'Annunzio in *Across the River and Into the Trees*." *The Hemingway Review*. 5-1, Fall 1985. 9-15.
White, William. Ed. *By-Line: Ernest Hemingway.* New York: Scribner, 1967.
——. Ed. *Ernest Hemingway Dateline: Toronto*. New York: Scribner, 1985.
Zorzi, Rosella Mamoli and Gianni Moriani. *In Venice and in the Veneto with Ernest Hemingway.* Venezia: Venice International U., 2011.
Zorzi, Rosella Mamoli et al. *In Venice and in the Veneto with Ezra Pound.* Venezia: Venice International U., 2007.
今村楯夫「ヘミングウェイと日本を結ぶ画家　久米民十郎を中心に」『アーネスト・ヘミングウェイ　二十一世紀から読む作

家の地平』日本ヘミングウェイ協会編、臨川書房、二〇一一年、二〇〜三七頁。

今村楯夫、島村法夫監修『ヘミングウェイ大事典』勉誠出版、二〇一二年。

大竹昭子『須賀敦子のヴェネツィア』河出書房新社、二〇〇一年。

小笠原恵子他訳、アーラ・ズウィングル著『ナショナル・グオグラフィック海外旅行ガイドヴェネツィア編』日経ナショナルジオグラフィック社、二〇〇五年。

岩崎力訳、F・ブローデル『都市ヴェネツィア』岩波書店、一九八六年。

塩野七生、宮下規久朗著『ヴェネツィア物語』新潮社、二〇一二年。

高橋哲雄『都市は〈博物館〉— ヨーロッパ・九つの街の物語』岩波書店、二〇〇八年。

高見浩訳、ジョン・ベレント著『ヴェネツィアが燃えた日　世界一美しい街の、世界一怪しい人々』光文社、二〇一一年。

筒井康隆『ダンヌンツィオに夢中』中央公論社、一九九六年。

中山悦子訳、ルカ・コルフェライ著『図説ヴェネツィア』河出書房新社、一九九六年。

渡部雄吉、須賀敦子、中嶋和郎著『ヴェネツィア案内』新潮社、一九九四年。

宮下規久朗解説「ヴェネツィア　海の都の美をめぐる」『芸術新潮』二〇一一年十一月号、一〜九四頁。

[協力者]

Giacomo Ivancich
Marina Ivancich
Rosella Mamoli Zorzi
上岡伸雄
越川芳明
佐野哲郎
遠山公一

あとがき

ヴェネツィアにはすでに三回訪れ、そのたびに迷路のような小径を彷徨《さまよ》い、迷いながらも思いがけずに新たな発見に驚き、あたかも魔界に魅了されるような思いを抱いてきた。三度目のときにはふたりの友人とアパートを借り、早朝、リアルト橋のたもとにある市場に買い出しに行き、魚市場ではまさにヴェネツィア、というべき新鮮な魚や蟹を手に入れ、また青物市場では果物や野菜を買い求め、朝から豪華な食事を楽しんだ。ヘンリー・ジェイムズやトーマス・マンの残した足跡をたどり、アシェンバハが美貌の少年タジオに心ときめかしたリド島の砂浜に座り、ひとときを過ごしたりもした。自由気ままな旅の記憶がいつまでも心に残り、国際ヘミングウェイ学会の大会がヴェネツィアで開催される機会に乗じて、このたびのヴェネツィア滞在もアパートを共同で借りることにした。二年前の国際ヘミングウェイ大会が北ミシガンのペトスキーで開催されたとき、ヘミングウェイの生まれ故郷オークパークで落ち合い、レンタカーを借りてペトスキーまでいっしょに旅を楽しんだ研究者仲間に加えて、今回、国際学会で初めて発表する三人の院生と、合わせて七人が八日間、寝食をともにした。学会での発表者は世界各国から、合わせて二二〇人余。早朝から夕方までの発表と討論に加えて、間に縁《ゆかり》の地を訪ねる小旅行がはいり、まさにヘミングウェイにどっぷりと漬かった豊潤な時間に酔いしれる日々を過ごした。

大会前後の日々に加えて、ときに学会会場を抜け出し、街を散策し、ヴェネツィアに関わる作家たちの足跡を訪ねた。ヘミングウェイとエズラ・パウンドがその中心にいた。

本書はこの旅の記録とも言えるが、それまでの体験に潜む記憶を蘇生させた「歴訪の回想記」と言うべきだろう。記憶はヘミングウェイとパウンドという二十世紀の偉大な作家と詩人が記した文字を辿り、ふたりの深い感性の襞を分け入り、迷宮都市ヴェネツィアの水と光が乱舞する運河を辿り、大理石の建造物の内部に忍び込み、そこに刻まれた歴史と芸術に触れることとなった。

出発を前にロバート・クーヴァーの『老ピノッキオ、ヴェネツィアに帰る』の訳者、上岡伸雄氏に会い、貴重なヴェネツィアに関する資料をお借りし、また翻訳に際してヴェネツィアを探索した経験談を聞かせていただいた。アメリカの老名誉教授ピノッキオのヴェネツィア帰還という奇想天外な物語はまさに博識なるクーヴァーによって、ヴェネツィアの魅力を余すところなく浮き彫りにしており、翻訳を前に上岡氏は自ら実地検分を行っていたからだ。

ヴェネツィアでの学会では多くの人たちと出会い、さまざまな資料や情報をいただいた。中でもこのたびの大会の現地のコーディネイター、ロゼッラ・マモリ・ゾルジ(Rosella Mamoli Zorzi)ヴェネツィア大学教授には公私にわたりお世話になり、貴重な助言と情報を数多くいただいた。また『河を渡って木立の中へ』のヒロインのモデルとされるアドリアーナ・イヴァンチッチの弟、ジャコモ・イヴァンチッチ(Jiacomo Ivancich)氏には学会開催中のみならず、帰国後も引き続き史実にもとづく情報をいただいた。

氏との出会いによって、『河を渡って木立の中へ』に描かれた世界は実在するヴェネツィアの現在の一部となって蘇生した。ヘミングウェイがヴェネツィアを後にしてマドリッドに旅立つ前夜、アドリアーナ・イヴァンチッチの館に招かれたとき、ジャコモ少年もそこにいた。氏は私の持参していたヴェネツィアの地図に印を付け、番地を書き込んでくれた。その日の午後、地図を頼りに館を訪ねた。サン・マルコ広場の裏手にあって、狭い路地に建物がひしめくように軒を列ね、外から見れば何の変哲もない家だった。空き巣ねらいなど「外敵」を避ける為に、外観からは貧富の差が判別できない構造になっているのだ。戸口のベルを鳴らしたが何の返答もなかった。路地を抜け、小さな運河に架かる橋を渡り、裏側から館を眺めると、イヴァンチッチ家の館がひと際大きく、運河沿いに建っていることが見て取れた。翌日、学会会場でふたたび氏と話す機会があり、氏からイヴァンチッチ家の館はすでに人手に渡り、一族のものではないと知らされた。

またタリアメント川の西の町サン・ミケーレ・アル・タレアメントにあるイヴァンチッチ一家が所有する別荘の訪問はこのたびの学会開催に伴った諸行事の中で、最高のイベントとなった。アドリアーナの妹フランチェスカの娘、オシーナさんの案内と説明により、未知の事実が次々と明らかになると同時に、『河を渡って木立の中へ』に潜んでいた謎が解明されたのは大きな収穫であった。それればかりではない。帰国後も文通が続いているジャコモ・イヴァンチッチ氏はタリアメント川に架かる橋を巡る歴史的事実を詳しく調べ、それを英訳して送ってくれた。『河を渡って木立の中へ』における創作という虚構の世界と史実に基づく事実との差異により、新たな解釈が可能となった。

このたびの旅の記憶を記すにあたり、旅を共にした仲間たちに感謝をしなければならない。高野泰志、勝井慧の両氏、それに渡邉藍衣、古峨美法、羽角萌の三人の院生たちだ。それぞれが学会での発表を前に、発表原稿の推敲を進めながらも、間隙を縫ってヴェネツィアを散策し、叡智としなやかな感性でヴェネツィアを眺め、それを言葉にして、皆と共有した。しかし、なによりも深くお礼を言わねばならない人はヴェネツィア案内役を快く引き受けてくれ、共著者として本書の出版を可能にしてくれた真鍋晶子氏だ。ヴェネツィア到着の午後、着くやいなや旅の疲れを癒す時間も惜しみ、宿を飛び出し、ヴァポレットに乗り込み、エズラ・パウンドのヴェネツィア探索にわれわれを率いてくれた。アカデミア美術館の前に架かる橋のたもとでヴァポレットを降り立ち、かつてパウンドとオルガ・ラッジが住んでいた「秘密の巣」を探し求め、路地を彷徨い歩いた。われわれの辿った足跡とその家の前に立った時の高揚感は本書に詳しく記されている。ヴェネツィアに刻まれた歴史的建造物とその間を縦横に流れる運河、交錯する路地や小径の迷路に惑わされ、目的地に辿り着くことを拒まれながら、われわれはいつしかヘミングウェイとパウンドの縁の場所に居る己を発見した。光と影を映す水の都にひっそりと佇《たたず》む過去と現在。

最大の驚異はヴェネツィアの生んだバロック建築の巨匠、バルダッサーレ・ロンゲーナが『河を渡って木立の中へ》に深く関わり、その事実がこの物語の核の一つであったことに気づいたことだ。そこにはまさにヘミングウェイの「氷山の一角」説の美学が結晶となって潜んでいた。パウンドとヘミングウェイ。詩人と作家の遺した足跡が、われわれのヴェネツィア体験を豊かに、そして深遠なものにしてくれた。

なお頻出するイタリア語は若き畏友、遠山公一氏に教えを乞うた。また、パウンドの訳詩に貴重な助言をいただいた佐野哲郎氏、本書の企画を彩流社に推薦していただき、スペイン語の教えを受けた越川芳明氏、編集を担当し、適切なる助言と迅速なる対応をしていただいた河野和憲氏に対して、合わせてお礼を申し上げたい。

二〇一四年十二月

今村楯夫

今村楯夫
…いまむら・たてお…

1943年静岡県富士市生まれ。東京女子大学名誉教授。ニューヨーク州立大学大学院(ビンガムトン校)博士課程修了。専門は現代アメリカ文学。主な著書に『現代アメリカ文学　青春の軌跡』(研究社)『ヘミングウェイと猫と女たち』(新潮社)『お洒落名人ヘミングウェイの流儀』(共著、新潮社)『ヘミングウェイ大事典』(監修、勉誠出版)『「キリマンジャロの雪」を夢見て　ヘミングウェイの彼方へ』(柏艪舎)等がある。現在、日本ヘミングウェイ協会顧問。日本におけるヘミングウェイ研究の第一人者である。

真鍋晶子
…まなべ・あきこ…

1960年京都市生まれ。滋賀大学教授。京都大学大学院文学研究科博士前期課程修了。カリフォルニア州立大学（サンフランシスコ校）修士課程修了。主な著書には『ヘミングウェイと老い』（共著、松籟社）『アイルランド文学・その伝統と遺産』（共著、開文社出版）『ケルティック・テクストを巡る』『ケルト　口承文化の水脈』（ともに共著、中央大学出版部）等がある。

フィギュール彩㉖

ヘミングウェイとパウンドのヴェネツィア

二〇一五年一月二十日　初版第一刷

著者――今村楯夫／真鍋晶子

発行者――竹内淳夫

発行所――株式会社 彩流社
〒102-0071
東京都千代田区富士見2-2-2
電話：03-3234-5931
ファックス：03-3234-5932
E-mail：sairyusha@sairyusha.co.jp

印刷――明和印刷(株)

製本――(株)村上製本所

装丁――仁川範子

ISBN978-4-7791-7026-3 C0326

http://www.sairyusha.co.jp